# 山音
やまのおと

[日] 川端康成 著
佟凡 译

北京理工大学出版社

版权专有 侵权必究

### 图书在版编目（CIP）数据

山音 / (日) 川端康成著 ; 佟凡译. -- 北京 : 北京理工大学出版社, 2022.12

（海棠花未眠 : 川端康成精品集）

ISBN 978-7-5763-1741-1

Ⅰ. ①山⋯ Ⅱ. ①川⋯ ②佟⋯ Ⅲ. ①长篇小说—日本—现代 Ⅳ. ①I313.45

中国版本图书馆CIP数据核字（2022）第182408号

出版发行 / 北京理工大学出版社有限责任公司
社　　址 / 北京市海淀区中关村南大街5号
邮　　编 / 100081
电　　话 / （010）68914775（总编室）
　　　　　（010）82562903（教材售后服务热线）
　　　　　（010）68944723（其他图书服务热线）
网　　址 / http://www.bitpress.com.cn
经　　销 / 全国各地新华书店
印　　刷 / 三河市金元印装有限公司
开　　本 / 880毫米 × 1230毫米　1/32
印　　张 / 8　　　　　　　　　　　　　责任编辑 / 李慧智
字　　数 / 177千字　　　　　　　　　　文案编辑 / 李慧智
版　　次 / 2022年12月第1版　2022年12月第1次印刷　责任校对 / 刘亚男
定　　价 / 269.00元（全6册）　　　　　责任印制 / 施胜娟

图书出现印装质量问题，请拨打售后服务热线，本社负责调换

# 目 录
CONTENTS

山音 …………………………………………001

蝉翼 …………………………………………017

云火 …………………………………………034

栗子 …………………………………………046

岛梦 …………………………………………066

冬樱 …………………………………………083

朝露 …………………………………………097

夜声 …………………………………………111

春钟 …………………………………………127

鸟巢 …………………………………………145

都苑 …………………………………………161

伤后 …………………………………………179

雨中 …………………………………………194

蚊群 …………………………………………206

蛇卵 …………………………………………217

秋鱼 …………………………………………232

# 山音

## 一

尾形信吾轻轻皱起眉头,嘴唇微张,似乎是在思考。在他人眼里,这副样子或许不像在思考,而是悲伤。

儿子修一看到了,却由于习以为常,并没有在意。

儿子的理解更加准确,父亲与其说是正在思考些什么,不如说是正在回忆些什么。

父亲摘下帽子,用右手手指攥住,放在膝头。修一默默取过帽子,放在了电车的行李架上。

"嗯,我说……"这时,信吾支支吾吾地说,"之前回去的女佣叫什么来着?"

"是加代吧。"

"啊,加代啊。她什么时候走的?"

"上周四,就是五天前。"

"五天前吗?我连五天前刚刚请假的女仆长什么样子,穿什么衣服,都不记得了,真够呛。"

修一觉得父亲有些夸张了。

"加代啊,大概是在她离开前两三天吧,我出门散步的时候正要穿木屐,说了一句好像长脚气了,然后加代说了句'是磨破了吧',还加了敬语,让我特别佩服。之前我散步时被木屐带磨破了脚,她也在磨破这个动词前加了敬语,我当时听到觉得很佩服。但是我现在才发现,她说的是带子磨破了脚,而不是加了敬语①,根本没什么可佩服的。加代的口音很奇怪,我刚才突然意识到,我是被她的口音骗了。"信吾说,"你说一句加敬语的'磨破'让我听听。"

"磨破。"

"带子磨破脚呢?"

"带子磨破脚。"

"就是,我的想法果然是对的,是加代的口音有问题。"

父亲是外地人,所以对东京口音没有自信,而修一是在东京长大的。

"我以为她在磨破前面加了敬语,听起来温柔悦耳。她把我送出大门后就静静坐在那里。现在发现她说的是带子磨破了脚,就觉得这算什么嘛,不过我已经想不起来那个女佣的名字了。长相和穿着也记不清了。加代在咱们家有半年了吧?"

"是的。"

修一已经习惯了,完全没有表现出对父亲的同情。

信吾自己虽然也习惯了,可还是会有些恐惧。无论多么努力地想要回忆起加代,却还是想不起来。这份大脑空白带来的焦虑在伤感的包裹下,倒是缓和了一些。

---

① 日语中的木屐带(はなお)最后一个音与敬语(お)发音相同。——译者注

现在,加代在信吾脑海中的形象依然是在大门口双手伏地,微微探出身子说:"是带子磨破了脚吧。"

加代在家里做了半年女佣,信吾的记忆中却只留下她在玄关目送自己的形象,他仿佛感受到自己正在逐渐失去人生。

信吾的妻子保子比他大一岁,今年六十三岁。

两人有一儿一女,他们的女儿房子生了两个女儿。

保子看起来挺年轻,看不出比信吾大。信吾的面相也不显老,按照一般的情况,妻子总是比丈夫小的,带着老套的想法看他们两人也很自然。也是因为她身材矮小却结实,身体健康吧。

保子不是美人,年轻时看起来当然比信吾大,所以她不喜欢和信吾一起出门。

信吾也想不明白,究竟是从多少岁开始,带着丈夫比妻子年长的常识看他们俩,也不会觉得不对了。他觉得应该是在过了五十五岁之后,虽说应该是女人老得快,可他们两人却正好相反。

信吾去年迎来花甲,吐了一些血。大概是肺上的问题,不过他并没有仔细检查,也没有认真养生,后来没有再出过问题。

他的身体并未因此而衰老,皮肤反而更加光滑了。在床上躺了半个月,眼睛和嘴唇的颜色都好像回到了年轻时的样子。

以前,信吾自己并没有发现肺结核的症状。在六十岁第一次咯血时，他觉得实在悲惨，他之所以不愿意看医生也有这方面的原因。修一觉得是他人老了，冥顽不灵，信吾本人却不这样看。

保子或许是因为身体好，睡得很香。信吾觉得自己半夜里是被保子的呼噜声吵醒的。保子在十五六岁时就有了打呼噜的毛病，父母为矫正她费了不少工夫，结婚时总算不打了。结果过了五十岁又旧病复发。

信吾会捏住保子的鼻子摇晃。如果呼噜声还是停不下来，他就会掐住保子的喉咙摇晃。这都是在他心情好的时候，要是他心情不好，就会觉得那长年相伴的肉体又老又丑。

今晚，信吾心情不好，打开灯瞥了一眼保子的脸。他掐住保子的喉咙摇晃，身上出了些汗。

信吾想到自己已经只有在阻止妻子打呼噜时，才会切切实实地触碰她的身体，心底涌现出一股无力的悲哀。

他拿起枕边的杂志，因为闷热，起身打开了一扇防雨窗，然后蹲在窗边。

今晚月光明亮。

菊子的连衣裙挂在防雨窗外，一片惹人厌的灰白色无力地垂下。信吾觉得是她忘记收衣服了，不过或许是在用夜露洗掉上面的汗水味。

"知了，知了，知了。"院子里响起蝉鸣，是从左边的樱花树干上传来的。虽然信吾怀疑蝉不会发出如此瘆人的声音，可那确实是蝉。

蝉是不是也会害怕噩梦呢？

一只蝉飞进屋里,停在蚊帐下方的边缘处。

信吾捏住那只蝉,它没有叫。

"是雄的。"信吾嘟囔了一句。这是不会发出"知了知了"的叫声的蝉。

信吾使劲儿把蝉扔向左边樱花树的高处,以免它再循着灯光飞进房里。没听到什么反应。

信吾抓住防雨窗看向樱花树,不知道蝉有没有停在树上。月光明亮,夜色深邃,仿佛向两边逐渐扩散。

再过十天就到八月了,依然能听到虫鸣。

还能听到夜露在树叶间滴落的声音。

没有风,月光明亮,接近满月,可夜晚的空气潮湿,树丛在小山上勾勒出的轮廓模糊不清,不为风所动。

信吾站在走廊上,脚下凤尾草的叶子也一动不动。

在镰仓的峡谷深处,有些夜晚能听到涛声,信吾以为听到了大海的声音,其实是山音。

尽管听起来像远处吹来的风,却有着地鸣般厚重的力量,仿佛在脑海中回响。信吾以为是耳鸣,于是摇了摇头。

声音停止了。

声音停止后,一阵恐惧才袭向信吾。他打了个寒战,觉得那声音或许是在宣告死期。

信吾想冷静下来思考,那究竟是风的声音,海的声音,还是耳鸣,却不知为何会听到那些声音,可他确确实实听到了山音。

如同魔鬼掠过,令山峦鸣响。

山壁陡峭,在潮湿的夜色中如同一堵昏暗的墙壁静静矗立。小山距离信吾家的院子近在咫尺,所以与其说是墙,倒更像是一个切下一半的椭圆形。

院子两边和后方也有小山,不过发出声音的似乎是信吾家的后山。

透过山顶上的树丛,能看到几颗星星。

信吾关上防雨窗时,想到了一件古怪的事。

大约在十天前,他在新建的茶屋等客人。客人没来,艺伎却来了一个,后来又来了一两个。

"把领带解了吧,多热啊。"艺伎说。

"嗯。"

信吾任凭艺伎为他解下领带。

虽然两人并不认识,不过艺伎把领带放进信吾挂在壁龛旁的上衣口袋里后,还是和他说起了自己的经历。

两个多月前,这名艺伎准备和建造这间茶室的木工殉情。但是就在即将吞下氰化钾时,艺伎冒出了怀疑的念头,不知道这些分量是不是能顺利致人死亡。

"那人说没问题,一定是能致人死亡的量。像这样一个个包好不就能证明吗?都装够了。"

但是她不信,一旦起了疑心,只会越来越怀疑。

"这药是谁装的?说不定那人会惩罚你和女人厮混,故意减少分量让我们痛苦。我问他这是哪个医生或者药房给他的,他也说不上来。就是很奇怪吧。我们两个都要死了,他为什么不能说呢?我们又不能等以后再弄明白。"

"你在讲落语①吗?"信吾想说,却没有说出口。

艺伎坚持要找人称过药的分量后再殉情。

"我一直带在身上。"

信吾觉得事情古怪,耳边只剩下建造这间茶屋的木工这句话不断回想。

艺伎从袋子里取出药包,打开让信吾看。

"嗯"。信吾只是支吾着看了一眼,并不知道那究竟是不是氰化钾。

他在关防雨窗时突然想到了那名艺伎。

信吾钻进被窝,却不能叫醒六十三岁的妻子,倾诉听到山音的恐惧。

修一和信吾在同一家公司工作,修一还要负责帮助父亲记事。

保子自不用说,修一的妻子菊子也要分担帮助父亲记事的工作。家里的三个人会一起填补信吾的记忆。

在公司里,信吾办公室里的女事务员也要帮助信吾记事。

修一走进信吾的办公室,从角落的小书架里抽出一本书随手翻

---

① 落语:日本的传统曲艺形式之一。

看,然后"哎呀呀"地叫着,走到女事务员的桌子前让她看翻开的一页。

"怎么了?"信吾微笑着说。

修一拿着书走了过来。

书上写着:"——这里并没有失去贞操观念。这是男人无法忍受不断爱一个女人的痛苦,女人无法忍受爱着同一个男人的痛苦,两人为了能更加愉快长久地继续爱着对方,分别寻找爱人之外的男女的方法。也就是说,这是巩固彼此爱意的方法……"

"这里指的是哪里啊?"信吾问。

"是巴黎。这是小说家的欧洲游记。"

信吾对警句和反论的反应已经迟钝了。不过他觉得这不是警句也不是反论,而是精彩的洞察。

这句话并没有打动修一。信吾感觉到他一定是在飞快地示意女事务员,下班后要带她出去。

在镰仓站下车后,信吾想着应该和修一说好回去的时间,或者比修一晚些回去就好了。

从东京回来的人挤满了公交车,于是信吾决定走路。

他在鱼店前停住脚步看了看,老板打了声招呼,他便走到店头。在装大虾的桶里,水下沉淀着白花花的东西。信吾用指尖戳了戳龙虾,应该是活的,不过它却没有动弹。最近市场上有不少海螺,于是他决定买一些。

"您要几个?"老板问。

信吾顿了顿:"嗯,三个,大些的。"

"好嘞，替您处理好吧。"

老板和儿子两个人一起把菜刀尖插进海螺，信吾不喜欢挖出螺肉时，刀刃打在贝壳上的声音。

老板用水龙头冲了冲螺肉，正在麻利地切开时，两个姑娘在店头驻足。

"要什么？"老板一边切海螺一边说。

"我要竹筴鱼。"

"要几条？"

"一条。"

"一条？"

"嗯。"

"一条？"

老板拿了一条较大的小竹筴鱼。姑娘没有在意老板赤裸裸的态度。

老板用纸包好竹筴鱼递给她。

躲在她身后的姑娘用胳膊肘撞了撞她说："不用买鱼啊。"

前面的姑娘接过竹筴鱼，看了看龙虾。

"那个龙虾到星期六都会有的吧，我的客人喜欢。"

后面的姑娘什么都没说。

信吾吃了一惊，偷偷瞄了一眼那位姑娘。

是最近来的妓女。整个背都露在外面，脚上穿着布凉鞋，身材很好。

鱼店的老板把切好的螺肉拢在案板中间，一边把螺肉塞进三个贝壳里,一边吐出一句话:"那种人在镰仓变多了。"

信吾对鱼店老板的口气深感意外,带着否认的语气说:"不是挺值得钦佩的嘛。挺厉害的。"

老板随意地装好螺肉,信吾却注意到一些古怪的细节,三个海螺的肉混在一起,恐怕无法回到各自本来的贝壳里了吧。

信吾想,今天是周四,距离周六还有三天,最近鱼店里经常有龙虾卖。那个野性的姑娘要怎么做一只龙虾给外国人吃呢?龙虾不论是煮,是烧,还是蒸,都是一道野蛮又简单的菜。

信吾确实对那姑娘有好感,可回过头来,又不由得生出一股凄凉之感。

家里有四个人,他却只买了三个海螺。他没有因为知道修一不回来吃晚饭,对儿媳妇菊子明显避嫌。鱼店老板问他要几个的时候,他只是不自觉地忽略掉了修一。

路上,信吾又在蔬菜店里买了银杏。

尽管信吾一反常态地买回了鱼,保子和菊子却都没有表现出惊讶。

或许是因为没有看到本应跟他在一起的修一,于是为了遮掩情绪而故作冷静吧。

把海螺和银杏递给菊子后,信吾也跟着菊子走进厨房。

"给我一杯糖水。"

"是,我这就去拿。"菊子说。信吾自己拧开了水龙头。

水池里放着龙虾和大虾。信吾觉得很巧。他在鱼店时想过要买虾,不过没想过两种都买。

信吾看着大虾的颜色说:"这是好虾啊。"虾的光泽很鲜亮。

菊子用厚刃尖菜刀刀背敲开银杏说:"难得您买回来了,可是这些银杏吃不得啊。"

"是吗?过季了吧。"

"给蔬菜店打个电话说说吧。"

"可以。不过大虾和海螺很像,多余了吧?"

"我可是在江之岛茶店做过的。"菊子伸了下舌头说,"海螺带壳一起烤,龙虾烧一下,大虾做成炸的吧。我去买香菇,公公,您能在我回来之前去院子里摘些茄子吗?"

"嗯。"

"要摘小一些的。然后再摘点儿软的紫苏叶子。对了,大虾单炸可以吗?"

在晚餐的餐桌上,菊子端出了两个带壳海螺。

信吾有些不解:"还有一个海螺吧。"

"啊呀,我想着爷爷奶奶牙口不好,会两个人相亲相爱地享用一个呢。"

"什么嘛,多不好意思啊。家里明明没有孙儿在,怎么就叫爷爷了。"

保子低下头咯咯笑着。

"对不起。"菊子轻轻起身,又端来了一个带壳海螺。

"就像菊子说的一样,咱们俩和和睦睦地分享一个就好了嘛。"保子说。

信吾在心里感叹,菊子那句话真是临机应变。有了她那句话,大家也不会再纠缠海螺是三个还是四个了。她能天真无邪地说出那番话,实在不容小觑。

菊子或许也想过给修一留一个,自己就不吃了,或者自己和婆婆两人分一个。

结果保子没有注意到信吾的心思,愚蠢地重新提了出来:"海螺只有三个吗?明明有四个人,你怎么就买三个啊?"

"修一又不回来,不用给他买嘛。"

保子苦笑了一下,可大概是年纪大了,看不出是苦笑。

菊子没有露出阴郁的表情,也没有问修一去了哪里。

菊子家有八个孩子,她是最小的。

上面的七个哥哥姐姐都结婚了,生了不少孩子。信吾有时会想到菊子父母家的人丁兴旺。

信吾到现在还记不清菊子哥哥姐姐的名字,菊子经常抱怨。一堆侄子侄女的名字更是记不住。

生菊子的时候,她母亲本来觉得已经不用再生了,而且也生不下来,因为一大把年纪还怀孕实在羞耻,她母亲甚至试过诅咒自己的身体来堕胎,结果失败了。菊子出生时她母亲难产,是用产钳夹着额头把她拉出来的。

这都是菊子听她母亲说的,也这样告诉了信吾。

信吾不理解，怎么会有母亲对孩子说这些事，也不理解菊子为什么会把这些事告诉公公。

菊子用手压住刘海，让信吾看她额头淡淡的伤痕。

从那以后，每次看到菊子额头的伤，信吾都会突然觉得菊子很可爱。

不过，菊子看起来确实是老小的样子。与其说是被宠爱，更像是得到了所有人毫不拘束的爱，没有任何柔弱的地方。

菊子嫁到家里来的时候，信吾注意到菊子会在不经意间耸耸肩膀，动作很美，使他感到了一种新的妩媚姿态。

菊子皮肤白皙，身材纤细，会让信吾想起保子的姐姐。

信吾年少时曾经爱慕过保子的姐姐。姐姐死后，保子去姐姐的婆家干活，照顾姐姐留下的孩子。她奋不顾身地工作，想在姐姐死后填房。保子喜欢帅气的姐夫，更多还是因为爱慕姐姐。姐姐是个美人，甚至让人无法相信两人是亲姐妹。保子觉得姐姐和姐夫是理想国里的人。

保子帮了姐夫和孩子不少忙，可姐夫却装作看不到她的真心，在外面尽情风流。保子似乎甘愿牺牲自己来伺候他。

信吾得知此事后，与保子结了婚。

三十多年后的今天，信吾不觉得自己和保子结婚是个错误。漫长的婚姻不一定要被开头支配。

但保子姐姐的身影一直萦绕在两人心底。尽管信吾和保子都不提姐姐的事，可他们并没有忘记。

儿媳妇菊子嫁进来后，信吾的记忆划过一道闪电般的光芒，也并不是多么不正常的事情。

修一和菊子结婚还不到两年，就在外面有了女人。信吾对此感到惊讶。

和农村出来的信吾不同，修一在年轻时从没有为情欲和恋爱烦恼过，也没有看到过他痛苦的样子。信吾并不知道修一是什么时候第一次尝到了女人的滋味。

信吾估计修一现在的女人一定是娼妇型的女人。

他怀疑修一带公司的女事务员出去只是跳跳舞，或者为了蒙蔽父亲的眼睛。

信吾看着菊子，总觉得修一的女人一定不是那种小姑娘。自从有了情人，修一和菊子的夫妻生活似乎突然有了进展，菊子的体态都变了。

吃过带壳海螺烧的那天夜里，信吾醒来后听到了不在面前的菊子的声音。

信吾想，菊子对修一的情人一无所知。他喃喃自语："一个海螺，算是父亲的道歉吗？"

但是哪怕菊子一无所知，那个女人打在菊子身上的波澜是什么呢？

半梦半醒间已经到了早晨。信吾出门取报纸。月亮高高挂在天上，他浏览了一遍报纸后，又睡了个回笼觉。

东京站，修一麻利地乘上电车找到了座位，然后起身让给了身后跟来的信吾。

他递上晚报,又从自己的口袋里掏出信吾的老花镜。信吾自己也有老花镜,却总是忘记带在身上,于是让修一带着备用眼镜。

修一越过晚报朝信吾弯下身子说:"今天啊,谷崎有个小学时的朋友想做女佣,拜托我帮忙呢。"

"是吗。谷崎的朋友不方便吧?"

"为什么?"

"那个女佣可能会把从谷崎那里听来的事情告诉菊子。"

"无聊,有什么好说的。"

"嗯,能知道女佣的来历也好。"信吾看起了晚报。

在镰仓站下车后,修一开口说:"谷崎是不是跟你说了什么关于我的事情?"

"她什么都没说,嘴挺严的。"

"嗯?真是的。我要是对爸爸办公室里的事务员做了什么,那您多没面子,不是会让人笑话嘛。"

"那当然。不过,你要瞒着菊子啊。"

修一似乎不打算过多隐瞒,他说:"谷崎都说了吧?"

"谷崎知道你有情人,还愿意和你瞎闹吗?"

"是啊,一般是因为吃醋吧。"

"真够呛。"

"会分手的。我正打算分手呢。"

"我听不懂你在说什么,算了,这种事以后慢慢问吧。"

"等我分手之后再好好跟你讲。"

"总之,不要让菊子知道啊。"

"嗯。不过,菊子说不定已经知道了。"

"是吗?"

信吾闷闷不乐地沉默了。

回到家后,信吾依然不高兴,吃完晚饭就起身回到自己的房间。

菊子切好西瓜,为他送进房间。保子跟在身后说:"菊子,你忘了拿盐。"

不知怎的,菊子和保子一起在走廊上坐下了。

保子说:"孩子他爸,菊子刚才在喊西瓜西瓜,你没听见吗?"

"没听见,我知道有冰西瓜。"

"菊子,他说没听见啊。"保子看着菊子说。菊子也转向保子:"因为爸爸好像在为什么事生气吧。"

信吾沉默了一会儿后说:"可能我最近耳朵有些问题。前一阵,我打开那扇防雨窗想要纳凉,结果听见了山鸣一样的声音。孩子他妈倒是睡得挺香。"

保子和菊子也看向后方的小山。

"山会鸣叫吗?"菊子说,"我曾经听妈妈说过,妈妈的姐姐在去世前听到过山鸣。"

信吾浑身一凛。能忘记那件事,自己还真是没救了。听到山音时,自己为什么没有想到那件事呢?

菊子好像觉出自己说了不该说的话,美丽的肩膀都僵住了。

# 蝉翼 |

## 一

女儿房子来了，还带着两个孩子。

大的四岁，小的刚过一岁生日，按照这个间隔，要再生下个孩子应该还早，不过信吾还是若无其事地问了一句："还没怀下一个吗？"

"爸，你又来了，真讨厌。之前不是说过了吗？"

房子麻利地让小女儿躺下，一边解开包被一边说："菊子还没动静吗？"

她只是随口问了一句，正在盯着婴儿看的菊子表情突然凝固了。

"那孩子就解开放一会儿吧。"信吾说。

"她叫国子，不是那孩子。这不是外公给起的名字吗？"

似乎只有信吾注意到了菊子的脸色。但是他并没有在意，疼爱地看着婴儿被解放出来的赤裸小脚在运动。

"就这样放着，她看起来心情很好，刚才热坏了吧。"保子也说，膝行向前，挠着婴儿的小腹到大腿，"让妈妈和姐姐一起去浴室擦擦汗吧。"

"要毛巾吗？"菊子起身问。

"我带了。"房子说。

她似乎打算在这里住上几天。

房子从包袱皮里取出毛巾和换洗衣服，大女儿里子贴在她背后，板着一张脸。这孩子从进门开始还没有说过一句话。从背后看，里子一头浓密的黑发十分显眼。

信吾觉得见过房子装行李的包袱皮，却只想起来以前是自己家的东西。

房子是背着国子，牵着里子的手，提着包袱从车站走过来的。信吾在心里感叹女儿不容易。

里子不喜欢被母亲这样牵着走。在母亲感到困扰或者虚弱的时候，这孩子反而更爱闹脾气。

儿媳菊子注重仪表，所以信吾觉得保子大概不好受。

房子去浴室后，保子一边抚摸着国子大腿内侧淡淡的红印一边说："总觉得这孩子看着比里子更坚强啊。"

"大概是因为在父母关系变差后生下来的吧。"信吾说。

"生下里子后，她父母关系变差，里子受到影响了吧。"

"四岁的孩子会懂吗？"

"懂。会有影响的。"

"这是天生的，里子……"

婴儿用意想不到的方式翻了个身，突然爬出去拽着纸拉门站了起来。

"啊呀，啊呀。"菊子展开双臂，走向前扶住婴儿的双手，然后拉着她向隔壁的房间走去。

保子突然站了起来。捡起房子行李旁的钱包往里看。

"喂，你干什么呢？"信吾压低了声音，他的声音在颤抖，"放下！"

"为什么？"保子平静地说。

"我说了放下，住手。你在干什么啊？"信吾的指尖在颤抖。

"我又没有偷。"

"这比偷更不好。"

保子把钱包放回了原处，就地坐下后说："我看看女儿的东西，怎么就不好了。要是刚一回来就连孩子的零食都买不起，不就麻烦了嘛。我也想知道房子那边的情况。"

信吾瞪着保子。

房子从浴室回来了。

保子赶紧告状似的对她说："房子啊，刚才我看了看你的钱包，结果被外公训斥了。是我不好，对不起啊。"

"有什么不好的。"

保子告诉了房子，却让信吾更不高兴。

信吾也想过，或许正如保子所说，这件事在母女之间不算什么，可气到浑身发抖后，上了年纪的疲惫感仿佛要从身体深处涌上来。

房子偷偷看着信吾的脸色。比起母亲看了自己的钱包，也许父亲会生气更让她吃惊。

"可以看啊。给。"她带着放弃的口吻说，把钱包扔在了妈妈膝前。

这又让信吾感到不舒服。

保子没有伸手拿钱包。

"相原觉得只要没钱,我就逃不出来,所以反正里面什么都没有。"房子说。

被菊子带着走路的国子突然脚下一软,摔倒地上。菊子把她抱了过来。

房子掀起衬衣给国子喂奶。

房子长得不好看,不过身体健康,胸部也没有走形。充满乳汁的乳房胀得很大。

"今天是周日吧,小修出门了?"房子问起弟弟,似乎觉得必须缓和一下父母之间的尴尬。

信吾回到家附近,抬头看隔壁人家的向日葵。

他仰着头一直走到花朵正下方。向日葵长在门侧,花朵正好垂向门口,于是信吾现在正好挡在了别人家的大门口。

这家的女孩回来了,站在信吾身后等待。女孩本可以从信吾身边穿过再进家门,可她认识信吾,所以就站在后面等着。

信吾注意到女孩,对他说:"好大的花,真漂亮。"

女孩有些不好意思地微微笑了笑。

"只留下了一朵花。"

"只有一朵啊,所以才能开得这么大。会开很久吧?"

"嗯。"

"能开几天？"

十二三岁的女孩答不上来。她一边想一边看着信吾的脸，然后又和信吾一起抬头看了看花。女孩一张圆圆的胖脸蛋晒得黝黑，手脚倒是纤细。

信吾给女孩让路时向对面一看，隔着两三栋房子的人家门口也种着向日葵。

对面的一株向日葵上开着三朵花，大小只有女孩家的一半，开在茎秆顶端。

信吾正打算离开，又转身回头看向日葵时，听到了菊子的声音："爸。"

菊子站在信吾身后，毛豆从购物篮边伸出来。

"您回来啦，在看向日葵吗？"

比起看向日葵本身，信吾觉得没有带修一一起回来，又在家附近看向日葵的事情更对不起菊子。

"很漂亮吧。"信吾说，"像伟人的头一样，是吧？"

菊子敷衍地点点头。

伟人的头是刚才突然浮现出来的想法。信吾看花的时候并没有想到这些。

可是说完这句话后，信吾强烈地感到了向日葵花那巨大而沉重的力量，也感受到花朵的结构井然有序。

花瓣就像圆环的花边，隆起的花蕊遍布在大部分圆盘上，满满当当的。而且花蕊和花蕊之间没有争奇斗艳的色彩，整洁而平静，充满力量。

花比人的头盖骨还大，或许就是那份井然有序的分量感让信吾猛然联想到人的脑袋。

另外，大自然喷薄而出的力量感让信吾突然想到了巨大的男性标志。他不知道在长满花蕊的圆盘上，雄蕊和雌蕊会变成什么样子，不过他感受到了男性的气息。

夏季日薄西山，傍晚的海上风平浪静。

长满花蕊的圆盘周围的花瓣，呈现出犹如女性般的黄色。

信吾离开向日葵向前走去，觉得大概是菊子在身边，自己才想到了奇怪的事情。

"我最近脑子特别不好使，看到向日葵也会想到脑袋。人的脑袋能不能像那朵花一样漂亮呢？刚才在车上，我也想着能不能只把脑袋拿出去洗一洗修一修呢。把脑袋砍掉就太野蛮了，能不能把脑袋稍微从身体上卸下来一会儿，像需要清洗的衣服一样交给大学医院，拜托他们洗一洗呢？脑袋放在医院清洗，修理坏掉的地方时，身体可以沉沉睡上三天或者一个星期，既不会翻身，也不会做梦。"

菊子抬起信吾的上眼皮说："爸，您是太累了吧？"

"是啊，今天在公司见顾客，我抽了一口烟就放在烟灰缸上了，然后又点了一支放在烟灰缸上，等我回过神来，已经点着了三支一样长的烟。真是丢脸。"

在车里幻想洗脑袋是事实，不过比起被洗干净的脑袋，信吾幻想的反而是沉沉睡去的身体。摘下脑袋后沉睡的身体更让他心情舒畅。他确实累了。

今天早晨,他做了两次梦,两次都梦到了死人。

"您没请暑假吗?"菊子说。

"我想请假去上高地①。反正也没地方可以寄存脑袋,我想去看看山。"

"那就去呗。"菊子带着几分轻佻的口气说。

"嗯。但是现在房子不是在嘛。她好像也是来休息的,菊子,你觉得房子是希望我在,还是希望我不在呢?"

"啊,您是位好父亲,我很羡慕姐姐呢。"菊子的语气也变了。

信吾是要吓唬菊子,或者岔开话题,让儿媳妇注意不到自己没有和儿子一起回来吧。虽然他没有这样想,不过多少有些这样的意思。

"喂,刚才那是讽刺吗?"信吾语气淡淡的,可菊子却吓了一跳。

"看房子那个样子,我也不是个好父亲吧。"

菊子不知所措,脸颊一直红到耳朵。

"那不是您的错。"

听着菊子的语气,信吾感到了一丝安慰。

即使是夏天,信吾也不喜欢喝冷饮。因为保子不让他喝,于是不知不觉中养成了习惯。

---

① 上高地:长野县西端南安云村的地名。

无论是早上起床,还是从外面回到家,他必定要先喝一大杯粗茶,都是由菊子准备的。

看过向日葵回到家时,菊子也首先匆匆泡了一杯热茶。信吾喝下半杯,才换上浴衣,端着茶杯走向檐廊,边走边啜了一口。

然后,菊子拿来冰过的毛巾和烟,又在茶杯里加满热茶,起身拿来晚报和老花镜。

用冰毛巾擦过脸后,信吾戴上眼镜,一脸不耐烦地看着院子。

院子里杂草丛生,远处角落里有一丛胡枝子和芒草,像野草一样延伸着。

蝴蝶在胡枝子对面飞舞,透过胡枝子青翠的叶子看去,蝴蝶若隐若现,似乎有不少只。信吾盼着它停在胡枝子上,或者绕过胡枝子飞出来,可那只蝴蝶始终在胡枝子背后徘徊。

信吾看着看着,突然想到胡枝子背后或许有一个小小的世界。叶片间若隐若现的蝴蝶翅膀看上去是那么美。

信吾不由得想起了此前那个即将满月的夜里,透过后山树丛间看到的星星。

保子来到檐廊坐下,一边扇团扇一边说:"今天修一也要晚回来吗?"

"嗯。"

信吾转向院子里说:"那边的胡枝子后面有蝴蝶在飞吧,你能看见吗?"

"嗯,看见了。"

可就在这时,被保子发现的蝴蝶似乎不开心了,它们飞到了胡枝子上方。一共有三只。

"有三只呢啊,是凤蝶。"信吾说。

那几只蝴蝶属于凤蝶里的小型品种,颜色暗淡。

蝴蝶沿着板壁划过一条斜线,飞到了邻居家的松树前。三只蝴蝶排成一列纵队,整整齐齐地从松树正中间迅速飞上梢头,连间隔的距离都一样。松树没有修剪成庭院树木的形状,而是伸向高空。

不一会儿,一只凤蝶从意想不到的方向低低地横穿过院子,掠过胡枝子飞走了。

"今天早上醒来之前,我做了两个关于死人的梦。"信吾对保子说,"辰巳屋的大叔想请我吃荞麦面呢。"

"你吃了他的荞麦面吗?"

"嗯?怎么?不能吃吗?"

信吾想,是不是如果吃了梦里的死人拿出的食物就会死掉?

"不记得了。好像没吃吧,他拿出了一屉荞麦面呢。"

信吾还没吃就醒了。他直到现在还清楚地记得梦里看到的荞麦的颜色,方形盒子,外黑里红,铺着细竹筛子。

他不知道那是梦里就有的颜色,还是醒来才有了颜色。总之,现在他只能清楚地记住那一屉荞麦面,其他景象都模模糊糊的。

一屉荞麦面直接放在榻榻米上。信吾好像站在荞麦面前。辰巳屋的大叔和他的家人都坐着,没有人铺坐垫。虽然信吾站着不动很奇怪,不过他确实是站着的。现在他只能隐约记得这些。

当这个梦打断信吾的睡眠时,他还能清楚地记得梦里的内容。后来又睡了一个回笼觉,今早醒来时记得更清楚。可是到了傍晚却几乎什么都不记得了,只能隐约想起出现一屉荞麦面的画面,前因后果都消失不见。

辰巳屋的老板是一位好手艺的木工,三四年前去世了,去世时七十多岁。信吾喜欢他身上老派的工匠气质,会请他做些木工活,不过两人关系并不算亲密,不至于三年后还能在梦中见到。

在梦里,出现荞麦面的地方应该是作坊后面的餐厅,信吾曾经站在作坊里和餐厅里的老人说话,不过他并没有进过餐厅。他不知道为何会在梦里看到荞麦面。

辰巳屋老板的孩子全是女儿,有六个。

信吾在梦里碰触到一个姑娘,不过现在到了傍晚,他已经想不起来是不是六个女儿中的一个了。

他清楚地记得碰到了人,却完全想不起来对方是谁,也完全没有头绪。

醒来时,他还清楚地记得对方是谁。睡了个回笼觉后,今早或许也还知道对方是谁。可如今到了傍晚,却完全想不起来了。

尽管信吾觉得既然是关于辰巳屋的梦,应该是他女儿里的一个,却完全没有真实感。首先,信吾已经想不起来辰巳屋老板的女儿们的长相了。

碰到那姑娘确实是在同一个梦里,可他不知道是发生在那一屉荞麦面出现之前还是之后。他现在还记得,醒来时脑海中最清晰的画面就是那一屉荞麦面。不过,因为碰触到姑娘而惊醒,这不是做梦的定式吗?

不过,他并没有受到能让自己惊醒的刺激。

信吾既不记得这件事的前因后果，对方的身影也消失不见，怎么都想不起来。他如今只记得一个隐约的感觉，身体却跟不上，没有反应，莫名其妙。

现实中，信吾并没有和太多女人交往过。他不知道梦里的女人是谁，不过既然是个姑娘，实际中就不可能发生。

到了六十二岁，信吾已经很少做春梦，不过那称不上春梦，而是无聊的梦，醒来后还让人觉得莫名其妙。

做过春梦后，他很快睡着了，不久后又做了一个梦。膀大腰圆的相田提着一升装的酒壶来到信吾家。他似乎喝了不少，毛孔张开满脸通红，举止也是一副醉态。

梦里的事情信吾只记得这些，记不清梦里的家是现在的房子还是以前的房子。

到十年前为止，相田都是信吾公司里的董事，去年年底因为脑溢血去世了。

"后来我又做了一个梦，梦里相田拎着一升装的酒壶到咱们家来了。"信吾对保子说。

"相田先生？相田先生不是不喝酒吗？真奇怪。"

"是啊。相田有哮喘的毛病，死因也是在脑溢血倒下时，一口痰堵在了喉咙里，他不喝酒，走在路上总是拿着药瓶。"

可是，梦里的相田像酒鬼一样大摇大摆走来的姿态清晰地浮现在信吾的脑海中。

"那你和相田喝酒了吗？"

"没喝。相田只是朝我走过来，他还没坐下我就醒了。"

"真不吉利,梦到两个死去的人。"

"他们是来接我的吧。"信吾说。

到了他这个年纪,不少关系亲密的人都已经死去,或许梦到死人是理所当然的。

可是辰巳屋老板和相田在梦里都不是死人,而是活生生地出现在了信吾的梦里。

而且,今天早上梦见的辰巳屋老板和相田的长相和身影依然历历在目,比平时记忆中更加鲜明。虽然相田醉酒后涨红的脸在现实中没有出现过,但信吾甚至能回忆起他毛孔张开的样子。

辰巳屋老板和相田的样子明明记得这么清楚,为什么却记不得在同一个梦里触碰到的姑娘,甚至不知道她是谁呢?

信吾怀疑自己是不是因为良心不安才彻底忘记了。但并非如此,他没有因为道德上的反省睡不着觉,而是倒头就睡,只记得感官上的失望。

关于为什么会梦到这种感官上的失望,信吾并不觉得奇怪。

这件事他连保子也没有告诉。

厨房传来了菊子和房子的声音,她们在准备晚饭,声音有些太高了。

每天晚上,樱花树上的蝉鸣声都会钻进屋里。

走进院子，信吾顺道走到了那棵樱花树下。

蝉扇动翅膀的声音从四面八方响起。信吾惊讶于蝉的数量之多，也惊讶于翅膀的声音之大，仿佛听到了一群麻雀飞起时的声音。

他抬头仰望高大的樱花树，依然有蝉在不断飞起。

布满天空的云彩向东飘去，天气预报上说第二百一十日[①]会平安度过。但信吾觉得今晚会降温，说不定会有狂风大雨。

菊子来了。

"爸，您怎么了？我听见蝉在叫，以为出了什么事。"

"这动静真大，确实像出了事故啊。都说水鸟的翅膀声音大，蝉扇动翅膀的声音也吓了我一跳啊。"

菊子指尖捏着一根针，上面有红线穿过。

"比起扇动翅膀的声音，蝉鸣声才让人害怕吧？"

"我倒是不太在乎蝉鸣。"

信吾看向菊子刚才在的房间。她正在给孩子缝红色的布头，用的是保子很久以前的长衬衣。

"里子果然把蝉当成玩具了啊。"信吾问。

菊子点了点头，嘴里似乎轻轻冒出了一声"是"。

里子住在东京，很少见到蝉，或许是性格的原因，她一开始觉得害怕，后来房了用剪刀剪下秋蝉的翅膀给了她。从那以后，里子每次抓到秋蝉，都会让保子或者菊子帮她剪掉翅膀。

---

[①] 第二百一十日：从立春算起的第二百一十天，在九月十一日左右，常有台风，常视为厄日。

保子很讨厌这种事。

保子说，房子不是会做出这种事的姑娘，是她丈夫把房子带坏了。

看着一群红蚂蚁拖走没有翅膀的秋蝉，保子脸色都青了。

因为保子平时对这种事情无动于衷，所以信吾既觉得奇怪又觉得惊讶。

不过保子之所以这么厌恶，或许是因为有不好的预感。信吾明白，问题不是出在蝉的身上。

里子也是什么话都闷在心里，就算大人顺着她的话剪掉秋蝉的翅膀，她依然闷闷不乐。她会摆出把刚剪掉翅膀的蝉悄悄藏起来的样子，其实她带着阴沉的眼神把蝉扔进了院子里。她知道大人在看。

房子好像每天都在冲保子抱怨，但她没提什么时候回去，或许还没有说出关键的事情。

一上床，保子就会将女儿当天的抱怨都转达给信吾。信吾左耳进右耳出地听着，觉得房子还有些话没说。

虽然信吾觉得父母必须主动和她谈谈，但是三十岁的女儿已经嫁为人妻，做父母的也没办法轻易开口介入。她带两个孩子不容易，只好一天天地拖下去，等事情顺其自然地发展。

"爸，你对菊子那么亲切，真好。"房子说。

现在是吃晚饭的时间，修一和菊子都在。

"就是。我觉得我对菊子也挺亲切的。"保子回答。

房子的话明明不需要别人回答，保子却回答了。她的声音中带着笑，可似乎不想让房子开口。

"她对我们都特别亲切。"菊子的脸自然地红了。

保子说话时或许很自然，不过听起来总像是在讽刺自己的女儿，甚至让人怀疑她的话中包含着残酷的恶意。

信吾认为这是保子的自我厌恶。信吾心中也有类似的情绪。让他惊讶的是，保子作为女性，作为一个上了年纪的母亲，竟然会将这份情绪发泄在悲惨的女儿身上。

"我不同意，她只有对丈夫不温柔。"修一说。可这个笑话并不好笑。

修一和保子自不用说，菊子也清楚信吾对自己很亲切，虽然没有人特意说出口，不过听房子一说，信吾突然陷入了寂寞的情绪中。

对信吾来说，菊子是这个沉闷的家庭的窗口。自己的血亲不仅没能顺着信吾的意，甚至没能顺着他们自己的意生活，亲人的沉闷心情也压在了信吾心头。只有在见到年轻的儿媳妇时，他才能松一口气。

虽说是对菊子亲切，其实只是信吾昏暗的孤独中仅存的一线光明吧。这样纵容自己后，信吾就能在对菊子亲切时感受到一丝朦胧的甜蜜。

菊子不会胡乱猜测信吾这把年纪的人的心理，也没有对信吾设防。

听了房子的话，信吾隐隐觉得自己的秘密被人撞破了。

那是三四天前吃晚饭时发生的事。

信吾在樱花树下想起了里子的蝉，也想起了房子当时的话。

"房子在睡午觉吗？"

"是的。她要哄国子睡觉嘛。"菊子看着信吾的脸回答。

"里子很有趣。房子哄小宝宝睡觉时，里子也跑到那边贴着妈妈的背睡着了。这种时候真乖。"

"很可爱啊。"

"虽然她外婆不喜欢这个外孙女,不过等里子到了十四五岁,说不定会像外婆一样打呼噜呢。"

菊子愣了一下。

菊子要回到做女红的房间,而信吾要回到别的房间,信吾正打算走,菊子叫住了他。

"爸,听说您去跳舞了?"

"嗯?"信吾转过身来,"你都知道了啊,真没想到。"

前天晚上,信吾和公司的女事务员去舞厅跳舞了。

今天是周日,所以一定是谷崎英子昨天告诉修一,而修一又告诉了菊子。

近几年,信吾没去过舞厅。英子受到邀请时似乎吓了一跳,说自己如果和信吾一起去,公司里的人会说闲话。信吾让她不要告诉别人,看起来她第二天就告诉了修一。

修一虽然听英子说了,但昨天和今天在信吾面前都摆出一副什么都不知道的样子,看来是立刻就告诉了妻子。

见修一似乎经常和英子一起跳舞,所以信吾也想去试试,因为他觉得修一的情人或许在他和英子一起跳舞的舞厅里。

他去那里一看,一时间却找不到像修一情人的女人,也不打算问英子。

英子没想到信吾会和她一起来,看上去面红耳赤、兴奋不已,可是她这副样子在信吾眼里却是危险的、可怜的。

英子今年二十二岁,乳房的大小看起来却只能刚好握在一只手里。信吾突然想起了春信①笔下的春宫图。

可是看着周围混乱的场面,信吾又觉得想起春信实在是富有喜剧性又可笑。

"下次和菊子一起去吧。"信吾说。

"真的吗?请带我去。"

菊子从叫住信吾的时候开始,脸上就泛起红晕。

菊子有没有发现,信吾是因为觉得修一的情人在,才去跳舞的呢?

虽然被发现去跳舞无所谓,但是因为信吾还存着找修一的情人的心思,所以突然被菊子点破,还是有些不知所措。

信吾绕到门口走进房间,站在修一面前说:"喂,你听谷崎说了吗?"

"这是我们家的新闻嘛。"

"什么新闻。你也是的,既然要带她去跳舞,至少要给她买一件夏天的衣服吧。"

"唉,给你丢脸了吗?"

"她那件衬衣和短裙看起来不相配啊。"

"她有衣服。你突然说要带她出去,她不方便换而已。要是之前说好了,她就能穿上合适的衣服来了。"修一说着转过了头。

信吾从房子和两个孩子睡觉的地方穿过,走进餐厅看了看挂钟。

"五点了啊。"他嘟囔了一句,仿佛是在确定时间。

---

① 春信:日本江户时代的浮世绘画家,多描绘茶室女侍、售货女郎和艺伎。

# 云火 | 

一

虽然报纸上说二百一十日会平安度过，不过就在二百一十日的前一天晚上却刮起了台风。

信吾已经忘记看到那篇报道是多少天前的事情了，或许那本来就称不上是天气预报。等台风接近后，预报和警报自然都有了。

"今天早些回去吧。"信吾邀修一一起回家。

女事务员英子帮信吾收拾好回家的东西后，自己也急急忙忙开始收拾。她穿上透明的白色雨衣，胸脯看起来更平了。

自从带她去跳过舞，注意到英子平坦的乳房后，信吾反而会不经意间看向那里。

英子跟在两人身后跑下楼梯，在公司出口处和信吾他们并排站好。或许因为雨很大，她没有补妆。

信吾想问她要回哪里，最后终究作罢。他恐怕已经问过二十次了，可还是没有记住。

在镰仓站，人们下车后依然站在房檐下观察雨势。

走到门口种着向日葵的人家附近时，风雨声中传来了《巴黎节》[①]的主题曲。

"那家伙还真是悠闲。"修一说。

两人知道，是菊子在放莉丝·高蒂[②]的唱片。

一曲终了后，又从头开始播放。

歌声中传来拉防雨窗的声音。

然后，两人听到菊子一边关防雨窗一边和着唱片唱歌的声音。

因为暴风雨和歌声，菊子没有注意到两人从门口踏入大门。

"真糟糕。鞋里进水了。"修一说着，在门口脱了鞋子。

信吾穿着淋湿的鞋走了进去。

"啊呀，你们回来了。"菊子走到两人身边，全身都洋溢着欣喜。

修一将单手抓着的鞋子递给她。

菊子说："啊呀，爸身上也湿了吧。"

唱片放完了。菊子又把唱针放在开头，抱着两人淋湿的衣服站起身来。

修一一边系腰带一边说："菊子，在邻居家都听见歌声了，你真悠闲啊。"

"我是因为害怕才放歌的。我担心你们两个，坐立不安的。"

可是菊子很兴奋，仿佛被暴风雨感染了一样。

---

[①]《巴黎节》：1933年上映的法国电影，原名 *Quatorze Juillet*。
[②] 莉丝·高蒂：Lys Gauty，法国歌舞表演歌手、演员。

她一边走向厨房给信吾泡粗茶一边小声哼唱着。

那张巴黎歌曲集是修一喜欢才买回来的。

修一会说法语。菊子虽然听不懂法语，但修一教过她发音，她不停模仿唱片里的歌曲，倒是唱得有模有样。据说演过《巴黎节》的莉丝·高蒂曾经历过痛苦，好不容易才死里逃生。菊子没有体会过那种滋味，只是结结巴巴地轻声唱着，倒也愉快。

菊子嫁进来的时候，女校的同学们送了她一套世界各国的摇篮曲唱片。新婚时，菊子经常唱起那些摇篮曲。只要身边没人，她就会跟着唱片轻唱。

信吾心中的甜蜜被她勾起。

信吾感慨，不愧是女人才能送出的贺礼。菊子听着摇篮曲的时候，也会沉浸在对少女时代的追忆中吧。

信吾曾经对菊子说过："在我的葬礼上，能不能放这张摇篮曲的唱片呢？只需要放这张唱片就好，不需要诵经和念悼词。"虽然没有当真，不过当时他的泪水险些夺眶而出。

菊子还没有生孩子，看起来听腻了摇篮曲，最近没有听到她放。

《巴黎节》的歌曲接近尾声时，声音突然变低、消失了。

"停电了。"保子在餐厅说。

"停电了啊，今天不会来了吧。"菊子关掉留声机的开关说，"妈，我们早点儿吃饭吧。"

那天吃饭晚时，蜡烛微弱的火光被贼风吹灭了三四次。

比暴风雨更远的地方传来了大海咆哮般的声音，从咆哮声中能感受到比暴风雨更深的恐怖。

## 二

信吾吹灭枕边的蜡烛，蜡烛的味道萦绕在他的鼻子周围。

房屋稍稍摇晃时，保子摸到了床上的火柴盒，她轻轻摇响火柴盒，像是要确定拿对了，又像是要让信吾听到。

然后她摸索着信吾的手。没有握住，只是轻轻碰了碰。

"没事吧？"

"没事的。就算外面有些东西被吹跑了，也不能出去。"

"房子家不会有事吧。"

"房子家吗？"信吾忘记了，"嗯，不会有事吧。至少暴风雨的晚上，夫妇俩应该会亲密地早早睡下吧。"

"他们睡得着吗？"保子岔开了信吾的话题，没有再说话。

修一和菊子的说话声传过来，菊子在撒娇。

过了一会儿，保子继续说："她有两个孩子呢，和我们家不一样。"

"而且她婆婆腿脚不好，神经痛不知道怎么样了。"

"对了，要是逃走，相原就必须背起他妈妈了啊。"

"她站不起来吗？"

"动倒是能动，可这么大的雨……那边真是忧愁啊。"

六十三岁的保子说出"忧愁"这个词，让信吾觉得有些可笑，说了句"哪里都忧愁啊"。

"报纸上说女人在一生中会梳各式各样的发型，说得真好。"

"什么地方说的？"

保子说这句话出自一位男性美人画家为悼念最近死去的女性美人画家写的文章。

不过正文里说那名女画家和这句话相反,没有梳过各式各样的发型。她从二十岁到七十五岁去世,五十年来始终留着全发,只用梳子在头顶盘一个髻。

保子也挺佩服一生只用梳子盘发的人,然而除却这一点,她似乎对女人在一生中会梳各式各样的发型这句话也心有所感。

保子有个习惯,会把每天看的报纸收集起来,隔几天再挑着看看,所以不知道她说的是哪天的报道。而且她还会听晚上九点的新闻解说,有时候会冒出意想不到的话来。

"以后,房子也会梳各式各样的发型吗?"信吾试探着说。

"是啊,女人嘛。不过不会像我们过去梳日本发那样变化那么多吧。房子要是像菊子那么漂亮,就会更喜欢改变发型了。"

"你这个人,房子回来的时候对她真够刻薄的。房子是因为绝望才回去的吧?"

"这不是你的情绪传染给我了吗?你只疼菊子。"

"没这回事,你这是找碴。"

"就是这么回事。你以前就不喜欢房子,只疼修一一个人。你就是这样的人。现在也是,修一明明在外面有情人,你却什么都不说。只是格外照顾菊子,这样反而更残酷。那孩子觉得对不起父亲,连醋都不吃。真是忧愁,还不如被台风吹走得好。"

信吾目瞪口呆。

不过,听着保子说得越来越起劲儿,他还是附和了一句:"台风啊。"

"是台风啊。房子也是,如今这个年代,在她这个年纪还要让父母替自己提离婚,也太懦弱了吧?"

"也不能这样说。他们已经到了要离婚的地步了吗?"

"先不说别的,要是让你来养带着外孙女的房子,我现在就能看见你那张忧愁的脸。"

"你那副表情已经够露骨的了。"

"我说啊,家里还有你喜欢的菊子在呢。不过不提菊子,说真的,我也不愿意啊。有些时候,菊子说的话做的事总能让我觉得放松,房子就会让人心情沉重……她嫁出去之前还没这么严重。那确实是我自己的女儿和外孙女,当母亲的也会变成这样吗?太可怕了,都是你影响的。"

"你比房子还懦弱。"

"我刚才说的都是假的。我说了是你影响的,然后就吐了吐舌头,房子里太暗了你看不到吧。"

"你这老太婆真是牙尖嘴利,我算是服了。"

"房子真可怜。你也觉得她可怜吧?"

"你可以把她接回来啊。"信吾像是突然想起来一样,"前段时间房子带回来的包袱皮……"

"包袱皮?"

"嗯,包袱皮。我见过那个包袱皮,有些记不清楚了,应该是咱们家的东西吧。"

"是那个棉布大包袱皮吧?那不是房子出嫁时用来包梳妆台的镜

子的吗？那个镜子很大。"

"啊，是吗？"

"看到那张包袱皮我就不高兴。明明可以不提那东西，用新婚旅行时装衣服的箱子装行李多好。"

"箱子很重啊，她带着两个孩子呢，哪里还顾得上外表。"

"但是菊子还在咱们家呢。那张包袱皮还是我嫁过来的时候带来的呢。"

"是吗？"

"比那还早呢。那是姐姐的遗物。姐姐死后，用来包着盆栽送回娘家的就是那张包袱皮，是一棵大枫树盆栽。"

"是啊。"信吾静静地说，那盆茂密的枫树鲜艳的红色照亮了他的全部思绪。

在老家，保子的父亲喜欢盆栽，尤其喜爱枫树盆栽，会让保子的姐姐帮忙侍弄。

在暴风雨的声音中，信吾躺在床上想起了岳父站在盆栽棚之间的身影。

是父亲让嫁出去的女儿带走一盆盆栽的吧，或者是女儿想要。她带走的是父亲珍爱的盆栽，可是女儿死后在婆家没有人照顾，于是就送回去了。或许是父亲要回去的。

现在，占据信吾整个思绪的红叶枫树就是放在保子家佛堂里的盆栽。

信吾想："这样说来，保子的姐姐去世时就是秋天吧。"信浓的秋天来得很早。

不过，盆栽是在妻子死后立刻送回去的吗？叶子变红正好放在佛堂，是不是太巧了。这是不是自己回忆时因为思念产生的幻想？信吾不敢确定。

信吾忘记了保子姐姐的忌日。

但他没有问保子。

保子曾经说过这样的话："我不会帮爸爸打理盆栽。虽然有我性格的原因，也是因为我觉得父亲只疼爱姐姐。我也很佩服姐姐，所以不光会闹别扭，也会因为自己没有姐姐那么能干而感到羞愧。"

一提到信吾对修一的偏爱，保子就会说出这样的话："我和房子有些相像吧。"

虽然信吾听说那张包袱皮是保子对姐姐的回忆，心里感到惊讶，不过既然说到姐姐，他就陷入了沉默。

"好好睡吧。年纪大了，总是睡不着。"保子说，"这场暴风雨让菊子笑得很开心啊……看那孩子不停地放着唱片，我觉得她挺可怜的。"

"你这人，这话不是和刚刚说过的话矛盾了吗？"

"你也是吧。"

"这话该我来说。偶尔早睡一次，结果被你狠狠数落了一通。"

信吾侬然在想那盆枫树。

在被枫叶的鲜红充斥的脑海中，信吾想：我年少时爱慕保子的姐姐，和保子结婚三十多年后，那份爱慕依然是一道旧伤疤吗？

信吾比保子晚一个小时入睡，结果被一声巨响吵醒。

"怎么回事？"

走廊对面传来菊子在黑暗中摸索着走来的声音,她说:"把您吵醒了吗?我听人家说,好像是神社放置神舆那间房子屋顶的白铁皮被吹到咱们家屋顶上来了。"

放置神舆的房屋屋顶的白铁皮板全都被吹飞了。

信吾家的房顶上和院子里散落了七八片白铁皮,管理神社的人一大早就来捡了。

第二天,信吾坐横须贺线去公司上班。

"你怎么了,没睡觉吗?"

信吾对为自己倒粗茶的女事务员说。

"嗯,没睡着。"

英子说了两三件上班时透过车窗看到的,台风吹过后的情景。

信吾抽了两支烟后说:"今天不能去跳舞了。"

英子抬起头微笑。

"上次跳完,我第二天早上就开始腰疼,年龄大了,不中用了啊。"信吾说完,英子从下眼皮到鼻子旁扯出了一个调皮的笑容说:"难道不是因为您一直挺着胸膛吗?"

"挺着胸膛?是吗?所以腰扭了吧。"

"您不好意思碰到我,为了保持距离,才挺着胸膛跳舞的。"

"嗯?我真没想到你说的问题。没有这回事。"

"可是……"

"我是想让姿势更好看一些吧。我自己没有注意。"

"是吗?"

"那是因为你们总是紧紧贴着身子,跳舞跳得没规矩。"

"啊呀,您真过分。"

信吾觉得上次跳舞时英子面红耳赤、兴奋不已,看来是自己太天真了。英子没什么不对,是自己太死板了吗?

"那我下次身体向前倾,我们紧紧贴着跳舞。一起去吗?"

英子低头忍着笑说:"我陪您。但今天不行,穿这身衣服太失礼了。"

"不是今天。"

信吾见英子穿着一件白衬衫,头上系着白色丝带。

白衬衫并不少见,白色丝带让衬衫更显白。宽丝带将头发紧紧束在脑后,是台风天气里会做的打扮。

耳朵和耳后的发际线旁边露出平时被头发挡住的白皙皮肤,头发长得整整齐齐。

她穿着深蓝色的薄毛线裙,裙子是旧的。

这套衣服看不出她的乳房平坦。

"那天以后,修一没再邀请过你吗?"

"是的。"

"真不好意思。和老爸跳过舞后,年轻的儿子就对你敬而远之了,真可怜。"

"啊呀,您说这话就让我为难了,我可以去邀请他嘛。"

"你是说不需要我担心吧。"

"您要是嘲笑我,我就不和您跳舞了。"

"没有没有。不过,修一被你看到之后就抬不起头来了。"

英子对他的话有所反应。

"你知道修一有情人吧?"

英子看起来有些为难。

"是舞女吗?"

信吾没有回答。

"年纪大吗?"

"您是问比他大吗?比他妻子大。"

"是个美人吗?"

"嗯,很漂亮。"英子吞吞吐吐地说,"不过她声音很沙哑。与其说是沙哑,不如说是声音像裂开了一样,就像有回声,他说那声音很性感。"

"嗯?"

见英子要打开话匣子,信吾想捂住耳朵。

他既为自己感到耻辱,又为修一的情人和英子即将流露的本性感到厌恶。

英子刚说出女人沙哑的声音性感,信吾就大吃一惊。既是因为修一,也是因为英子。

察觉到信吾的脸色,英子不再说话了。

那天,修一和信吾一起早早回家,一家四口锁好门去看电影《劝进账》。

脱掉衬衫换上汗衫时,信吾看到修一乳头上方和手腕上有一片红,信吾看到后,在心中揣测或许是暴风雨那天菊子弄上的。

出演《劝进账》的幸四郎、羽左卫门和菊五郎三个人如今都去世了。

对此,信吾的感受与修一和菊子不同。

"我们看过多少次幸四郎演的弁庆了啊?"保子对信吾说。

"忘记了。"

"你总是转头就忘事。"

皎洁的月光洒在街道上,信吾抬头望向天空。

他突然感到月亮置身于火焰之中。

月亮周围的云形状奇特,能让人联想到不动明王背后的火焰,或者狐火之类画中的火焰。

乳白色的云火散发着冰冷的气息,月亮也冰冷发白,信吾突然感到几分秋意。

月亮在偏东的方向,大致呈圆形,置身于火焰般的云彩之间,月亮边缘的云彩在热浪中晕染开去。

除了包裹着月亮的白云火焰之外,近处没有一丝云彩,在暴风雨后,天空的颜色彻夜都是深沉的黑。

街上的店铺都紧闭大门,也是彻夜萧条,看完电影走在回家路上的人们前方空空荡荡,鸦雀无声。

"昨天晚上没睡着,今天晚上早点儿睡吧。"信吾说着,感到身体有几分寂寞,渴望感受他人的体温。

同时,他觉得某种能够决定一生的时刻即将到来,需要决定的事情迫在眉睫。

# 栗子 1

"银杏树又发芽啦。"

"菊子现在才发现吗?"信吾说,"我之前就看到了。"

"那是因为爸总是朝着银杏树的方向坐嘛。"

菊子侧身坐着,回头看向身后的银杏树。

吃饭时,一家四口在餐厅的座位在不知不觉中固定下来了。

信吾的座位朝东,在他左边,保子朝南而坐。信吾右手边是修一,座位朝北。菊子的座位朝西,与信吾面对面。

园子在东边和南边,可以说老夫妇占据了好位置。另外,两名女性的座位方便吃饭时上菜,以及伺候一家人。

就算在不吃饭的时候,四个人在餐厅时也会自然而然地坐在餐桌固定的位置上。

菊子总是坐在背对银杏树的座位上。

信吾觉得尽管如此,菊子没能发现那么高大的银杏树不合时宜地发芽,还是因为内心空虚。

"开防雨窗,打扫走廊的时候总能看到吧?"信吾说。

"您这样说也对。"

"就是啊。首先，从外面回来的时候不是要面对着银杏树走过来吗？就算不想看也能看到。你是不是走路时总在低着头发呆想事情啊？"

"啊呀，这可难住我了。"菊子耸了耸肩膀，"以后我得注意，凡是爸看到的东西都要提前看好了。"

在信吾听来，这话有些许悲凉的意思。

"这可不行。"

自己看到的东西全都想让对方看到，信吾这辈子从来没有过这样的恋人。

菊子还在看着银杏树。

"山上也有些树长出了嫩叶呢。"

"是啊。那棵树上的叶子果然也都被暴风雨吹落了吧。"

信吾家的后山尽头是一座神社。小山的尽头开垦成了神社的院子。银杏树就矗立在神社的院子里，从信吾家的餐厅看去，就像长在山上的树一样。

一夜之间，那棵银杏树就被台风刮得光秃秃的。

暴风雨吹光了银杏树和樱树的叶子。在信吾家周围，银杏树和樱树都算高大，许是树大招风，叶子容易被吹散。

樱树上原本还留着几片怙叶，现在也已经脱落，只剩光秃秃的枝干。

后山的竹叶也枯萎了。或许是因为离海近，风里含有盐分的缘故。还有些竹子被风吹倒，滚落在院子里。

高大的银杏树又发芽了。

回家路上，信吾从大路拐进小路后就要朝着那棵银杏树走去，每天都能看到，从餐厅也能看见。

"银杏树果然比樱树更强韧啊。我看着它的时候就在想，寿命长的树确实不一样。"信吾说。

"那棵银杏树都那么老了，到秋天还能长出新芽，需要多大的力气啊。"

"不过，叶子不是很寂寞吗？"

"是啊。我看着它们，心里想着它们能不能长到像春天的叶子那么大，可它们总是长不大。"

叶子不光小，而且稀稀疏疏的，没有多到能覆盖住枝条。叶片很薄，颜色也称不上绿色，而是浅黄色。

秋日的晨光洒下，依然像是照在一棵光秃秃的树上。

神社后山大多是常绿树。常绿树的叶子禁得住风雨，丝毫无损。

有些常绿树茂盛的树顶上长出了淡绿色的新叶。

菊子发现了那些新叶。

保子应该是从外面走进了厨房，能听到水管里的水声。她说了些什么，因为水声，信吾没听清楚。他大声说："你说什么？"

"妈说胡枝子开得可漂亮了。"菊子插了一句。

"是吗？"

"还说芒草也开花了。"菊子又替保子传了一句话。

"是吗？"

保子又说了些什么。

"别说了，我听不见。"信吾怒喝。

菊子低头笑着说："我会帮忙翻译的。"

"翻译吗？反正都是老太婆的自言自语罢了。"

"妈说昨天晚上做了个梦，梦到老家的房子变得破破烂烂的。"

"嗯。"

"您要怎么回答？"

"除了'嗯'，没什么好说的。"

水管的水声停下了，保子叫菊子："菊子。帮我把这些花插好。我看着漂亮就摘了几枝回来，拜托你了。"

"好。我给爸看一眼。"

菊子抱来了胡枝子和芒草。

保子洗好手，然后打湿了一只信乐壶，拿着壶走进餐厅。

"邻居家的鸡冠花颜色也很漂亮。"保子说着坐了下来。

"那家种着向日葵的人家也有鸡冠花。"信吾说着，想起那朵漂亮的向日葵已经被暴风雨吹落了。

五六尺长的茎秆被吹断，掉在路边上。花也在地上躺了好几天，仿佛人头落地一般。

先是周围的花瓣枯萎，然后粗茎秆失去水分变了色，沾满泥土。

信吾上班来回路上都要跨过那朵向日葵，却不愿意看它一眼。

花落后，向日葵的下半枝花茎依然立在门口，茎秆上没有叶了。

旁边种着五六枝鸡冠花，已经染上了红色。

"不过，附近的鸡冠花都没有邻居家的开得鲜艳。"保子说。

## 二

保子说梦到了老家的房子变得破破烂烂,指的是娘家的事。

保子的双亲死后,那栋房子已经好多年没人住了。

她父亲本想让保子继承家业,把姐姐嫁出去。他父亲爱姐姐,本该采取相反的选择,可是美丽的姐姐有人热切地追求,父亲或许是觉得保子可怜吧。

所以当父亲看到保子在姐姐死后想去姐姐的婆家干活,还想在姐姐死后填房时,大概对她绝望了吧?或许父亲会悔恨,让保子产生那样的念头,父母和家庭也有责任。

父亲似乎很高兴看到保子和信吾结婚。

看起来,父亲已经决定不要继承人,就此度过残生。

如今,信吾的年纪已经超过了保子父亲送保子出嫁时的年纪。

保子的母亲先父亲而去,父亲死后,保子卖掉了家里的田地,只留下少许山林和房子。家里没有能称得上古董的东西。

虽然山林和房子归在保子名下,但是父亲死后都是老家的亲戚在打理。恐怕山上的树都被砍下支付税金了吧。多年来,保子既没有为老家的房子付过钱,也没有拿到过什么收入。

一段时间里,因为打仗疏散来的人里有人想买房子和山林,不过信吾体谅保子的不舍,把东西留了下来。

信吾和保子是在老家的房子里举办的婚礼。这是保子父亲的愿望,他会把剩下的一个女儿嫁出去,条件是希望能在自家举行婚礼。

信吾还记得喝交杯酒时,掉下来一颗栗子。

栗子砸在院子里的一块大石头上，因为斜面角度的关系飞得很远，落在了山涧中。因为栗子打在石头上之后飞出去的样子格外精彩，信吾险些叫出声来。他环顾四周，似乎没有人注意到掉下了一颗栗子。

第二天早晨，信吾走下山涧查看。在溪边找到了栗子。

因为那里落着好几颗栗子，可见他捡到的不一定是婚礼上掉下的那颗栗子，不过信吾还是捡起来想要告诉保子。

可是这举动太孩子气了。而且，保子和以后听到这件事的人会相信这就是那颗栗子吗？

信吾还是把栗子扔进了岸边的草丛里。

与其说是因为觉得保子不会相信，信吾更怕在保子的姐夫面前丢脸。

如果那位姐夫不在，或许信吾在昨天的婚礼上就能说出栗子掉下来的事。

因为姐夫来参加了婚礼，所以信吾感受到一股类似屈辱的压迫感。

在姐姐结婚后，信吾依然爱慕着她，心中对姐夫有嫉妒，他在姐姐病死后和妹妹保子结婚，面对姐夫时依然无法心平气和。

更何况保子的处境更加屈辱。姐夫装作看不懂保子的心意，看起来就是把她当成了一个好使的女佣。

姐夫是保子的亲戚，请他来参加保子的婚礼是理所当然的，可信吾内心羞愧，没办法直面姐夫。

其实，姐夫在婚礼上依然是耀眼的美男子。

信吾觉得姐夫的座位附近仿佛散发着光芒。

在保子眼中,姐姐和姐夫是理想国中的人,信吾和保子结婚后,就注定会成为比不上姐姐和姐夫的人。

信吾甚至觉得姐夫站在高处,冷冷地俯视自己和保子的婚礼。

信吾错过机会,没能说起掉下了一颗栗子这件小事,直到后来,这份隐秘依然留在夫妻之间。

房子出生时,信吾曾暗自期待她会长成像保子的姐姐那样的美人。他不能告诉妻子,可是房子却长成了比母亲还丑的姑娘。

按照信吾的说法,姐姐的血统没能通过妹妹活下来。对妻子,信吾有一份秘密的失望。

保子梦到老家的房子后过了三四天,老家亲戚发来电报,告诉她房子带着孩子回去了。

那份电报是菊子收到的,她交给了保子,保子便等着信吾从公司回家。

"我梦到老家的房子,或许是个预兆吧。"保子说,她看着信吾在读电报,心情出乎意料地平静。

"嗯,她回老家的房子了?"

信吾首先想到,这样一来就死不了了。

"可是,她为什么不回我们家呢?"

"她是觉得要是回到这里,马上就会被相原知道吧。"

"然后呢,相原说什么了吗?"

"没有。"

"果然两个人的感情不行了吧,老婆都带着孩子走了,他还……"

"不过,房子说不定像以前一样跟他说回了娘家,相原又不太方便在我们面前露面。"

"总之是不行了吧。"

"她竟然能回到老家,我吓了一跳呢。"

"来我们家不是挺好的吗?"

"你嘴上说好,跟她说话时却那么冷淡。咱们要明白,房子回不了家是很可怜的。父母和孩子的关系变成这样,我觉得好凄凉啊。"

信吾皱着眉头,一边抬起下巴解领带一边说:"算了,等等吧。我的和服在哪儿?"

菊子拿来信吾要换的衣服,抱着信吾的西装默默走开。

这段时间里保子一直低着头,菊子离开后,她看着菊子关上的纸拉门轻声说:"菊子也不见得不会走啊。"

"连她也是吗?父母要对孩子的夫妻生活负责吗?"

"因为男人不懂女人的心……女人要是伤心起来,和男人是不一样的。"

"可是,女人就能明白所有女人的心吗?"

"修一今天也没回来吧。你为什么不能和他一起回来呢?自己一个人回来,让菊子帮你收拾西装,这样好吗?"

信吾答不上来。

"还有房子的事,你不想和修一谈谈吗?"保子说。

"让修一去老家吧,必须把房子接回来。"

"可是让修一去接,房子估计不愿意吧?因为修一看不起房子。"

"现在说这些鸡毛蒜皮的小事也没用了。周六让修一去一趟吧。"

"回老家也够丢人的。我们和老家那边已经没什么关系,不再回去了。老家明明没人可以依靠,房子竟然还回去了。"

"在老家,谁来照顾她呢?"

"她可能想住在那栋空房子里吧,总不能给婶婶添麻烦。"

保子的婶婶已经八十多岁了。家主的堂弟和保子也几乎没有交往。信吾甚至想不起来他家有几口人。

房子逃回了在保子梦中已经荒废的老房子,信吾心里觉得有些毛骨悚然。

星期六早晨,修一和信吾一起离开家门,顺路去了一趟公司。距离火车出发还有一段时间。

修一来到父亲的办公室,对女事务员英子说:"我把伞放在这里了。"

英子微微侧着头,眯起眼睛问:"您要出差吗?"

"对。"

修一放下包,在信吾面前的椅子上坐下。

英子的目光一直追随着修一。

"天气要转冷了,您要注意身体。"

"嗯,是啊。"修一看着英子对信吾说,"我跟她约好了,今天要带她去跳舞。"

"是吗?"

"爸,你替我带她去吧。"

英子脸红了。

信吾懒得说话。

修一走的时候,英子提起包要送他出去。

"不用了,不成体统。"修一抢过包,消失在门的另一边。

被丢下的英子在门前做了个不起眼的小动作,然后无精打采地回到了自己的座位上。

信吾不打算去分辨英子是不好意思还是有意为之,倒是因为她轻浮的女人味而感到轻松。

"难得约好了,真是遗憾。"

"最近的约定都做不了准呢。"

"我来代替他好了。"

"啊?"

"不方便吗?"

"哎呀。"

英子抬起头,似乎吓了一跳。

"修一的情人会去舞厅吗?"

之前,信吾只听英子说过修一的情人沙哑的声音很性感,除此之外没再打听过别的。

就连信吾办公室里的英子都见过那个女人,修一的家人却不知道,虽然这是世间常态,可是信吾却无法接受。

特别是当英子就在他面前时,他更加无法接受。

尽管英子看上去是个轻浮的女人，在这种情况下，她却仿佛人世间一道沉重的帷幔般立在信吾面前，无法得知她在想什么。

"还有啊，你被带去跳舞的时候，见过那个女人吧？"信吾状似轻松地问。

"见过。"

"经常见到？"

"那倒不是。"

"修一为你介绍了吗？"

"倒也没有特意介绍。"

"我搞不太明白，他去见情人，还要带上你，是想让那个女人吃醋吗？"

"我不会打扰他们的。"英子说着，缩了缩脖子。

信吾看出英子对修一有好感，心中也在嫉妒，于是说："打扰打扰多好。"

"哎呀，"英子低下头笑了，"对方也是两个人来的呢。"

"嗯？那女的也带了男人？"

"她带的是女人，不是男人。"

"这样啊，那就放心了。"

"哎呀。"英子看着信吾，"是和她一起住的人。"

"两个女人一起住？连房子也是租的吗？"

"不是，虽然小，但却是个不错的房子。"

"哎哟，你去过了吗？"

"嗯。"英子支支吾吾地回答。

信吾又吃了一惊，有些着急地问："她家在哪儿？"

英子突然脸色煞白，嘟囔了一句："麻烦了。"

信吾没有说话。

"在本乡的大学附近。"

"是吗？"

仿佛是为了逃避信吾的压迫，英子接着说："那房子在一条窄窄的小路上，光线有些昏暗，不过挺干净的。另一位是个大美人，我很喜欢她。"

"另一位，不是修一情人的那个女的吗？"

"对，她给人的印象非常好。"

"嗯？那两个女人是做什么的？都是单身吗？"

"嗯，我也不清楚。"

"她们两个女人一起住吧。"

英子点了点头，带着些撒娇的意味说："我从来没见过给我印象那么好的人，真希望每天都能见到她。"听起来仿佛通过对那个女人的好印象，原谅了自己身上的什么东西。

这些事信吾都没想到。

信吾并非没有想到，英子或许是在通过赞扬同居的女人来贬低修一的情人，却总觉得看不透英子真正的想法。

英子向窗户看去。

"太阳出来啦。"

"是啊，把窗户打开一些吧。"

"修一把伞留下的时候，我还在想是不是应该让他带上，出差遇到好天气真是太好了。"

英子以为修一是为了工作的事情出差。

英子扶着推起来的玻璃窗站了一会儿。一侧衣摆提起来,她似乎陷入了迷茫。

她低着头回到座位上。

勤杂工拿来两三封信。

英子接过信,放在信吾的桌子上。

"又是遗体告别仪式吗?真讨厌。这次是鸟山吗?"信吾嘟囔。"今天两点,不知道他妻子怎么样了。"

英子已经习惯了信吾的自言自语,只是默默看着他。

信吾微微张开嘴,表情茫然地说:"今天不能去跳舞了,有遗体告别仪式。"

"那人在妻子更年期的时候被狠狠虐待了一番。他妻子不让他吃饭,是真的不给饭吃。丈夫只有早上能在家吃完饭出门,可是她什么都不给丈夫准备。丈夫只能等孩子们的饭做好后,躲着老婆偷偷吃。到了傍晚,他因为怕老婆不能回家,每天晚上都在外面闲逛,看看电影,听听戏,等老婆孩子都睡熟了再回去。孩子们也都仗着老妈的势欺负老爸。"

"为什么啊?"

"没什么为什么,更年期就是这样。更年期可吓人了。"

英子总觉得自己被嘲弄了。

"但是,丈夫也有做得不好的地方吧?"

"他当时是个出色的政府官员,虽然后来进了民营企业,不过连遗体告别仪式都能借寺院的地方办，可见相当了不起。当官的时候也没有吃喝嫖赌。"

"是他养着全家人吧？"

"当然了。"

"我不懂。"

"是啊。你们不懂，五六十岁、堂堂正正的大男人怕老婆回不了家，夜里在外面游荡，这样的人要多少有多少。"

信吾试图回忆鸟山的脸，却只有个模糊的印象。他们有将近十年没有见面了。

他想：鸟山是不是在自己家里去世的呢？

信吾觉得在鸟山的遗体告别仪式上或许能见到大学同学，于是烧完香后便站到了寺院门边，却一个人也没见到。

并没有信吾这个年纪的人来参加仪式。

大概是信吾来晚了吧。

他向里张望，看到排在正殿入口的队伍开始散去。

遗属在正殿里。信吾觉得鸟山的妻子多半还活着，正如他所料，站在棺材旁边的瘦弱女人正是鸟山的妻子。

她的头发染过，可是看起来有一段时间没染了，根部长出了白发。

在那个年老的女人低下头时，信吾觉得大概是因为鸟山久病缠身,她没有时间染发吧,可是等她转过身对着棺材烧香时,信吾又小声嘟囔着"谁知道是不是这样呢"。

也就是说,信吾在登上正殿的台阶向遗属行礼时,彻底忘记了鸟山的妻子虐待丈夫的事情。等到转身向死者行礼时,又想起了那些传言。信吾吓了一跳。

他离开正殿时没有看坐在遗属席上的鸟山的妻子。

让他惊讶的不是鸟山和他妻子,而是自己古怪的忘事,他带着几分厌烦回到石板路上。

走在路上,遗忘和丧失感攥住了信吾的脖子。

已经很少有人知道鸟山和他妻子之前的事情了。就算还有少数知情者活着,那些事情也都已经被遗忘了。以后,一切都会由他妻子的回忆说了算,恐怕不会再有第三者去认真回想了。

在信吾曾经参加过的六七个同学的聚会上,当提到鸟山时,没有人认真去想,皆是一笑了之。一个男人提到了鸟山,只会一个劲儿地讽刺和夸张。

当时聚在一起的人里,已经有两个人在鸟山之前去世了。

事到如今,信吾觉得恐怕就连鸟山和他妻子自己都不明白,鸟山的妻子为什么要虐待他,鸟山为什么会遭到妻子的虐待。

鸟山带着疑惑进了坟墓。对他留下的妻子来说,那些过去已经成为没有鸟山的过去,她也会带着疑惑死去吧?

在同学聚会上提起鸟山的男人家里有四五张古老的能剧面具代代相传,他曾经在鸟山去他家的时候拿出来展示,听说鸟山很长时间一动不动地看着。那个男人说,鸟山第一次看到能剧面具时没什么兴趣，那次或许是因为必须等妻子睡着后再回家，所以要打发时间。

如今信吾想到，年过五旬的一家之主每天晚上在外面游荡时，或许会深思些事情吧。

鸟山的遗体告别仪式上挂的照片好像是他当官那段时间里，正月或者某个节日时的照片，他身穿礼服，一张圆脸上表情温和。有了摄影师的修改，看不出一丝阴霾。

照片上鸟山温柔的面孔格外年轻，和棺材前的妻子并不相称，看起来更像是妻子在鸟山的折磨下变老了。

鸟山的妻子个子不高，所以信吾低头才能看到她发根的白色，而且她一侧肩膀耷拉着，看起来有些憔悴。

儿子和女儿，还有他们的爱人也站在鸟山妻子的身边，不过信吾没有仔细看。

信吾在寺院门前等待，打算在遇到某位旧友时问上一句"你家里还好吧"。

如果对方反问，他想回答："总算是顺顺利利走到现在了，可惜女儿家和儿子家不太平。"

敞开心扉倾诉无法给彼此带来任何力量，别人也不会愿意多管闲事，只会边聊天边一起走向车站，然后告别。

可信吾想要的仅此而已。

"鸟山也是，要是死了，被老婆虐待过的事情就消失得无影无踪了吗？"

"要是鸟山的儿子和女儿家庭幸福，就成了鸟山夫妇的功劳吧？"

"当今社会，父母要对孩子的婚姻生活负多大的责任啊。"

信吾想对旧友说说这些事，不知为何，这些絮语不断浮现在他的心头。

在寺院门口的屋檐上，一群麻雀叽叽喳喳叫个不停。

它们画一道弧线落在屋顶上，又画一道弧线飞走了。

从寺院回到公司后，有两个客人正在等他。

信吾从身后的架子上取下威士忌倒进红茶里，这样对记忆力多少也能有些帮助。

他一边和客人应酬，一边想到早晨在家看到的麻雀。

麻雀落在后山山脚下的芒草上，正在啄芒草穗。不知道是在吃芒草籽还是在吃虫子。他一边想一边看，本以为那是一群麻雀，结果却发现里面还夹杂着几只黄道眉。

见麻雀和黄道眉混在一起，信吾看得越发仔细了。

六七只鸟在芒草间飞来飞去，芒草剧烈摇晃着。

有三只黄道眉，它们比麻雀更老实，看起来不像麻雀那么咋咋呼呼的。

黄道眉的翅膀和胸口毛色富有光泽，应该是今年刚出生的鸟。麻雀身上看起来像是沾满了灰尘。

信吾当然更喜欢黄道眉，黄道眉和麻雀的叫声能体现出不同的性格，动作也能展现出和各自的叫声相符的性格。

他看了很久，想知道麻雀和黄道眉会不会打架。

不过他只看见麻雀和麻雀彼此呼应、交相飞舞，黄道眉和黄道眉凑在一起，两种鸟自然而然地分开，只是偶尔交错，却不会打架。

信吾心中佩服。那是早上洗脸时看到的景象。

或许是因为刚才寺庙门前有麻雀，他才想起了早上的事。

送走客人后，信吾关上门回头对英子说："你带我去修一的情人家吧。"

信吾在和客人谈话时已经想好了，不过对英子来说确实出其不意。

英子用反抗的语气哼了一声，摆出一副扫兴的表情，但很快就泄了气，可她还是用生硬的声音冷冷地说："您去那里要干什么？"

"不会给你添麻烦的。"

"您要见她吗？"

信吾没想过要在今天见那个女人。

"不能等修一回来之后和他一起去吗？"英子冷静地问。

信吾觉得英子在冷笑。

上车后，英子依然心情低落。

就算他只是羞辱、践踏了英子，信吾都会觉得心情沉重。更何况此事同样羞辱了自己和儿子修一。

信吾不是没有幻想过在修一离开期间解决此事，可他觉得这只能停留在幻想中。

"既然要谈，我觉得和跟她同居的人谈更好。"英子说。

"就是给你印象很好的那个人吧。"

"对。我把她叫到公司来怎么样？"

"这样啊。"信吾含糊地说。

"修一在她们家里喝酒,喝得烂醉如泥后就会耍酒疯。让那个人唱歌,娟子听到那个人用悦耳的声音唱歌后就哭了。娟子很听那个人的话呢。"

英子这话说得很奇怪,娟子大概就是修一的情人吧。

信吾不知道修一的酒品原来这么差。

在大学前下车后,两人拐进一条窄路。

"要是让修一知道了这件事,我就没办法去公司上班了,请您让我辞职。"英子低声说。

信吾浑身一冷。

英子停住了脚步。

"从那边的石头围墙旁边转过去,第四间房子就是,门口的门牌上写着池田。她们认识我,我就不过去了。"

"会给你添麻烦的,今天就算了。"

"为什么?都走到这里了……只要您家里能太平不就好了吗?"

信吾从英子的反抗中也感受到了憎恶之情。

英子口中的石头围墙其实是水泥砌成的,院子里有一棵大枫树,从那栋房子旁边转过去,第四间小小的旧房子就是池田家,没有任何特点。朝北的入口光线昏暗,二楼的玻璃窗紧闭,没有一丝声响。

信吾径直走过,没有发现值得一看的东西。

刚一走过,他就松了口气。

不知道儿子在那栋房子里过的是什么样的生活。信吾不认为自己应该突然闯进那个家。

他绕到了别的路上。

英子不在原来的地方,他走到停车的大路上后,依然没有见到英子。

回到家后,信吾像是没办法面对菊子的脸一样,说了一句:"修一顺路去了趟公司,然后就出发了。今天天气不错,真是太好了。"

他筋疲力尽,早早躺下了。

"修一请了几天假?"保子在餐厅问。

"不知道。我没问他,只是去接房子回来而已,大概就两三天吧。"信吾在床上回答。

"我今天让菊子把棉被都装好棉花了,我也帮了把手。"

信吾想,房子要带着两个孩子回来,以后菊子就要劳神了。

他一生出可以让修一出去住的念头,在本乡见到的,修一情人的房子就浮现在脑海中。

他又想到了英子的反抗。虽然英子每天都在他身边,但是他从来没有见过英子像今天那样情绪爆发。

自己应该还没见过菊子的爆发吧。保子对信吾说过,那孩子觉得对不起父亲,连醋都不吃。

信吾很快就睡着了,被保子的呼噜声吵醒后,他捏住了保子的鼻子。

之后保子说话的语气就像始终没有睡着:"房子还会提着那张包袱皮回来吧?"

"应该是吧。"

话题就此中断。

# 岛梦 |

野狗在地板下面生完了孩子。

"生完了"这种说法或许有些冷淡,不过对信吾一家人来说确实如此,野狗在所有人都不知道的时候,在地板下面生完了孩子。

七八天前,菊子在厨房对保子说过:"妈,阿旭昨天和今天都没来,不会是去生孩子了吧?"

"你这么一说,确实没看到它呢。"保子漫不经心地应了一句。信吾把脚放在被炉里,倒了一杯玉露茶。从今年秋天开始,他养成了每天早上喝玉露茶的习惯,这一杯是他自己沏的。

菊子准备早饭时说到了阿旭,不过只提了那一嘴。

菊子跪坐着来到信吾面前,放下盛好味噌汤的碗时,信吾倒了一杯玉露茶说:"喝一杯怎么样?"

"好,多谢款待。"

因为这是以前没发生过的情况,所以菊子端端正正地坐好。

信吾看着菊子说:"你腰带和裨子上都是菊花图案吗?开菊花的秋天已经过去了。今年因为房子闹出的乱子,把你的生日都忘了。"

"腰带是四君子的,我一整年都系着它呢。"

"四君子是什么？"

"梅、兰、竹、菊……"菊子开朗地说，"爸，您随便看看就知道啦。画里也有，和服上也经常用到。"

"真是贪婪的图案。"

菊子端着碗说："真好喝。"

"这是那个谁来着，奠仪回礼送的玉露，收到之后我就又开始喝了。以前我喝过不少玉露，那时候家里不喝粗茶。"

那天早晨，修一先去的公司。

信吾在门口一边穿鞋一边回忆用玉露做奠仪回礼的朋友叫什么。明明只要问问菊子就好，可是他没有开口。因为那位朋友是在带年轻女人去温泉旅馆的时候突然死在那边的。

"小旭确实没来啊。"信吾说。

"是的，昨天和今天都没来。"菊子回答。

要是听到信吾出门的声音，阿旭总会绕到大门口来，有时还会一直跟到门外。

信吾想起前一段时间，菊子在大门口抚摸阿旭肚子的情景。

"真恶心，软软乎乎的。"菊子虽然皱着眉头，却还是想要摸一摸胎儿。

"有几只啊？"

小旭翻了翻白眼看着菊子，然后在她身边仰面朝天躺下。

阿旭的肚子并没有大到会让菊子觉得恶心。小腹的皮肤似乎变薄了一些，呈现出淡淡的粉色，乳房根上积攒着污垢。

"有十个乳房？"

听了菊子的话，信吾也试着目测狗的乳房。最上面一对小小的，仿佛干瘪了。

小旭有饲主，脖子上挂着名牌，不过看上去饲主不会好好给它吃东西，于是它成了野狗，常在饲主家附近人家的厨房门口游荡。菊子会在早饭和晚饭里加上阿旭的份，把吃剩下的饭菜喂给它，之后，阿旭在信吾家的时间就变多了。夜里经常能听到阿旭在院子里叫，就像是在这里住下了。不过菊子还没有把它当成自己家的狗。

而且，它生孩子时总会回到饲主家。

不过这次，它在信吾家地板下面生了。已经过去了十来天，却谁都没有发现。

信吾和修一一起从公司回来后，菊子说："爸，阿旭在咱们家生孩子了。"

"是吗？在哪里？"

"女佣房间的地板下面。"

"哦。"

因为家里现在没有女佣，所以三叠大小的女佣房被当成储藏室，放了各种各样的杂物。

"我见阿旭钻到女佣房里的地板下面，于是去看了一眼，结果发现了狗崽。"

"嗯，有几只？"

"太黑了，我看不清，在最里面呢。"

"是吗，在我们家生的吗？"

"妈之前说过，阿旭在库房那边样子有些奇怪，转来转去地挖土,可能是在找生孩子的地方。要是给它放些稻草进去,它大概就会在库房生了。"

"等狗崽长大就麻烦了。"修一说。

信吾对阿旭在自己家里生孩子是抱有好意的,不过他想到等野狗的孩子长大以后不好收拾,要扔掉的时候会不好受。

"我听说阿旭在我们家生孩子了。"保子也说。

"听说是。"

"说是在女佣房间的地板下,只有那个房间没人,阿旭也仔细想过啊。"

保子坐在被炉里,微微皱了皱眉头,抬头看着信吾。

信吾也钻进被炉,喝了一口粗茶后对修一说:"对了,之前谷崎说要介绍的女佣怎么样了?"说完准备给自己倒第二杯粗茶。修一提醒他:"爸,那是烟灰缸。"

信吾错将茶倒进了烟灰缸里。

"我到底老了,爬不了富士山了。"信吾在公司嘟囔。

这句话突然浮上心头,他觉得意味深长,便不停地在嘴里念叨。

或许是因为他昨天晚上梦到了松岛,才想起这句话。

今天早上,信吾觉得奇怪,自己明明没去过松岛,却梦到了那里。

然后他发现,自己到了这把年纪,日本三景中的松岛和天桥立还都没去过。只在淡季的冬天，因公务去九州出差回来的路上中途下车去看过安芸的宫岛。

到了早上，梦中的记忆只剩下了碎片，不过岛上松树的苍翠和大海的颜色依然鲜明，他也清晰地记得那里是松岛。

信吾在松树下的草地上和女人拥抱。两人因为害怕藏在树下，似乎是离开同伴来到这里的。女人年纪很小，是个年轻姑娘。信吾不知道自己的年龄。从和女人在松树间奔跑的感觉来看，他应该也很年轻，抱着姑娘时感受不到年龄的差距。就当自己是年轻人吧。可就算重返青春，他依然不觉得梦中发生的是过去的事情。让六十二岁的信吾回到了记忆中的二十多岁，这就是梦的神奇之处。

同伴的汽艇已经在海面远去。一个女人独自站在船上频频挥舞手帕。醒来后，手帕在大海映衬下呈现出的白色，依然清晰地留在记忆中。信吾和女人应该是被丢在了岛上，可是他完全没有感到不安。信吾满脑子都在想尽管自己能看到海上的船，可是从船上却看不到他们的藏身之处。

他在看到白色手帕时醒来了。

早上起来后，他不知道和自己在一起的那个女人是谁。不记得长相和身形，连触感都没有留下，只有背景中的颜色分外清晰。不过他并不知道为什么那里是松岛，为什么会梦到松岛。

信吾没有见过松岛，也没有坐船去过无人岛。

他想问问家里人，在梦里看到颜色是不是因为神经衰弱，却没能说出口。拥抱女人的梦令人不快，只是既然在梦中回到了记忆中的年轻时候，又是自然而然、顺理成章的了。

梦中的时间是神奇的,这多少给了信吾一些安慰。

信吾在公司里抽着烟,觉得要是能知道那个女人是谁,就能解开这不可思议的事件了,门外轻轻的敲门声响过后,门开了。

"早上好。"铃本走了进来,"我以为你还没来。"

铃本摘下帽子挂好。英子急忙起身打算接过他的外套,结果铃本直接坐在了椅子上。信吾看着铃本的秃顶觉得可笑。他耳朵上的老人斑也增加了,看起来很脏。

"怎么了?大清早的。"

信吾忍住笑意,看了看自己的手。他的手背和手腕上有时也会冒出浅色的斑,有时又会褪去。

"水田是极乐往生啊……"

"啊,是水田。"信吾想起来了,"对对,就是因为收到水田的玉露茶奠仪回礼,我又养成了喝玉露茶的习惯。真是好茶啊。"

"玉露茶是好茶,我还想像他那样极乐往生呢。我是听说过那样的死法,只是没想到水田会那样做。"

"嗯。"

"不是很让人羡慕吗?"

"你也是又胖又秃,挺有希望的。"

"我的血压没那么高。据说是水田担心自己脑溢血,在外面不敢一个人住。"

水田是在温泉酒店猝死的。葬礼上,旧友们都在小声说他是铃本口中的极乐往生。可事后想想,因为带了年轻女人,就这样揣测水田的死,未免有些奇怪。大家当时起了好奇心,想知道那女人会不会来参加葬礼。有人说那女人一辈子都会厌恶他,也有人说如果她爱水田,也算是达成夙愿了。

这些六十多岁的老家伙都是大学同学,所以会用书生气的语言谈天说地,信吾觉得这也是老人无耻的一种表现。现在,众人之间还在用大学时的绰号和昵称。了解彼此的青年时代,不只会令人感到亲切怀念,同时长满青苔的利己主义甲壳也会想要逃避这份熟悉。水田曾经嘲笑过之前死去的鸟山,如今他的死也成为笑话。

铃本在葬礼上也喋喋不休地说着极乐往生,信吾想到这个男人按照他希望的方式死去时的景象,打了个冷战,说:"可是一大把年纪了,那种死法也太不体面了。"

"是啊。我们已经不会再梦到女人了。"铃本也很平静。

"你爬过富士吗?"信吾说。

"富士?富士山吗?"铃本表情讶异,"没爬过。为什么问这个?"

"我也没爬过,我老啦,已经到爬不了富士山的年龄了。"

"什么?有什么下流的意思吗?"

"说什么蠢话。"信吾忍不住笑了出来。

英子把算盘放在门边的桌子上,也咯咯地笑了起来。

"这样一看,一辈子下来既没爬过富士山,也没看过日本三景的人还挺多。不知道日本人中爬过富士山的人有百分之多少啊。"

"不知道,可能都没到百分之一吧。"铃本回到了原来的话题上,"说到这里,像水田那么幸运的人恐怕几万人、几十万人里才有一个吧。"

"就像中了彩票吗？不过遗属不会高兴吧。"

"嗯，其实啊，我就是为他的遗属来的。水田的妻子找到我，"铃本换上说正事的口吻，"把这个托付给我了。"

铃本边说边打开桌上的包袱皮："是面具，能剧面具。水田的妻子要我买下来，我想让你帮忙看看。"

"我不懂面具啊。和日本三景一样，我知道日本有，可是还没见过呢。"

面具盒子有两个，铃本从袋子里拿出面具："据说这个是慈童①，这个是喝食②。两个都是小孩。"

"这是小孩？"

信吾拿起喝食的面具，捏着从两侧耳洞中穿过的纸绳端详。

"有刘海嘛，银杏形状的，是戴冠前的少年，还有酒窝呢。"

"嗯。"

信吾自然而然地伸直双臂，对英子说："谷崎，把那边的眼镜给我。"

"不用，这样看就行。听说能剧面具就是要这样稍稍抬高手去看。咱们这种老花眼的距离反而正好。而且面具是微微垂下眼睛，表情忧愁……"

"好像有点儿像一个人，挺写实的。"

铃本解释说将面具微微朝下倾斜显得阴沉，表情中会带上忧愁；

---

① 慈童：能剧面具，少年形象。
② 喝食：能剧面具，青年形象。

向上抬起则双眼显得明亮,表情看起来开朗。向左右转动则仿佛在表示肯定或者否定。

"究竟像谁呢?"信吾又说。

"看着不像少年,倒像是年轻人。"

"以前的孩子早熟嘛。而且所谓的童颜放在能剧面具上多奇怪。你仔细看看,这就是少年。据说慈童是妖精,象征永远的少年。"

信吾按照铃本的说法转动慈童的面具端详。

慈童的刘海和河童一样,是秃顶的锅盖形。

"怎么样,你和我一起买吧。"铃本说。

信吾把面具放在桌子上:"可人家拜托的是你,你买下来吧。"

"嗯,我也买了。其实水田的妻子拿了五张面具过来,我买了两张女面,一张推给了海野,又来找了你。"

"什么嘛,这是挑剩下的啊。你自己先拿了女面,只顾自己方便。"

"女面好吗?"

"好啊,不过,女面没有了。"

"既然这样,我把我的拿过来也行啊。你要是买下来,就算帮了我的忙。水田那个死法,我看着他妻子的脸总觉得可怜,不忍心拒绝。不过这两张比女面做工精细。永远的少年也不错吧?"

"水田都死了,在水田家看了这些面具好久的鸟山比他还早死,看着挺不舒服的。"

"慈童面具象征永远的少年,不是挺好的嘛。"

"你参加鸟山的遗体告别仪式了吗?"

"有点儿事没去成。"铃本站了起来,"那我就先放在你这儿了,你慢慢看。要是不喜欢,给别人也行。"

"不管我喜不喜欢,这些都和我无缘。既然是相当不错的面具,离开能剧让我们藏着不用,不是让他们失去生命了吗?"

"哎呀,没事。"

"价格呢?很贵吧?"信吾追问。

"嗯。我怕忘,就让他妻子写下来了,在那边的纸绳上。就是个大概的价格,应该还能便宜。"

信吾戴上眼镜想展开纸绳看看,结果眼前的面具一下子变得清晰,慈童面具细致的头发和嘴唇映入眼帘,看起来十分美丽,他差点儿叫出声来。

铃本离开后,英子走到桌边。

"很漂亮吧?"

英子默默点了点头。

"你能戴上试试吗?"

"啊呀,我戴多奇怪啊,我还穿着洋装。"英子说。当信吾把面具递给她后,她还是戴在了自己脸上,把绳子在后脑勺上系好。

"试着慢慢动一动。"

"好。"

英子端正地站在原地,把面具转向各个角度。

"不错,不错。"信吾情不自禁地说。只是几个简单动作就让面具栩栩如生。

英子穿着豆沙色洋装,波浪形的卷发从面具两边露出来,可爱的感觉扑面而来。

"可以了吧？"

"嗯。"

信吾立刻让英子去买能剧面具的参考书。

喝食和慈童面具上都有作者的名字，信吾在书上查了查，发现尽管不是室町时代的所谓古董，也已经是仅次于那些古董的名人作品。虽然信吾是第一次把能剧面具拿在手里观赏，也觉得不会是赝品。

"啊呀，真吓人，给我看看。"保子戴上老花镜看着面具。

菊子咯咯笑着，说："妈，那是爸的眼镜，你戴着合适吗？"

"嗯，老花镜这东西不讲究。"信吾代保子回答，"不管借谁的来用，基本都合适。"

保子用的是信吾从口袋里拿出来的老花镜。

"一般都是当丈夫的先用上，不过我们家是老太婆大一岁嘛。"

信吾心情不错，穿着外套就把脚伸进了被炉。

"眼睛花了以后，最惨的就是看不清吃的东西，要是端上桌的菜太小太复杂，有时候会看不清是什么东西。我眼睛刚花的时候啊，像这样端起饭碗，饭粒就变得模模糊糊的，不再是粒粒分明的样子，实在没意思。"信吾边说边端详能剧面具。

他注意到菊子把和服放在膝盖前，正等着他换衣服。而且，他还发现修一今天又没回家。

信吾一边起身换衣服，一边低头看着被炉上的能剧面具。

他这样做也是为了避免看到菊子的脸。

菊子从刚才开始就没有凑近来看能剧面具，只是若无其事地整理衣服，信吾心里一沉，觉得这是因为修一没回家。

"总觉得有点儿吓人，像人头一样。"保子说。

信吾又钻进了被炉里。

"你觉得哪张好？"

"这张好吧。"保子立即回答，拿起了喝食的面具。

"像活人一样。"

"嗯，是吗？"保子果断的回答让信吾觉得扫兴，"是同一时代的作品，不过作者不同。是丰臣秀吉时代的。"

说完，他把脸凑到慈童面具的正上方。

喝食的脸是男人，眉毛也阳刚。慈童的脸带着中性的气质，眉眼之间距离大，柔和的弯月眉接近少女。

从正上方凑近了看，少女般润滑的皮肤在信吾的老花镜下变得柔和，带上了人的温度，面具栩栩如生地微笑着。

"啊。"信吾屏住呼吸。一名活生生的女人在距离信吾的脸只有三四寸近的地方微笑。那微笑纯洁而美丽。

眼睛和嘴着实生动。空洞的眼睛里嵌着漆黑的瞳仁。暗红色的嘴唇水润，看起来楚楚可怜。信吾屏住呼吸，鼻尖几乎要碰到面具，大大的黑眼珠从下方突起，下嘴唇的唇瓣丰满起来。信吾险些和面具接吻，他长长吐出一口气，拉开了脸和面具间的距离。

刚一离开，刚才看到的一切都仿佛是假的。他急促地喘息了一阵。

信吾板着脸把慈童面具装进袋子里，袋子是红底金线的。他把喝食的袋子递给保子。

"装进去。"

颜色老派的口红从边缘向内逐渐变浅，信吾仿佛从慈童的下唇看到了深处。嘴唇微微张开，下唇里没有那一排牙齿。嘴唇仿佛是绽放在雪地上的花蕾。

观察能剧面具时，把脸凑近到几乎能碰到的距离大概是歪门邪道吧。恐怕制作能剧面具的人不会想到有人会这样观察。在能剧舞台上保持适当的距离，能剧面具看起来最为生动，可是像刚才那样凑到最近处，能剧也如同有了生命，信吾觉得这或许是制作能剧面具的人有关爱的秘密。

因为信吾自己也感觉到了宛如天上的禁忌爱情般的心动，而且他觉得面具之所以看起来比人类女子更妖艳，多半也有自己老花眼的缘故，不禁哑然失笑。

可是在梦里拥抱年轻姑娘，觉得戴上面具的英子可爱，差点儿与慈童接吻，怪事一件接一件地发生，让信吾怀疑自己心里或许有什么东西在动摇。

"这个面具，是之前用玉露茶做奠仪回礼的人，就是那个在温泉猝死的水田的收藏。"信吾对保子说。

"真吓人。"保子重复了一遍。

信吾在粗茶里兑上威士忌喝下。

菊子在厨房切要放在鲷鱼火锅里的葱花。

## 四

十二月二十九日清晨,信吾洗脸时看到阿旭带着所有小狗走去有太阳的地方。

小狗从女佣房间的地板下面爬出来,可还是不知道有四只还是五只。菊子会麻利地抓住钻出来的小狗,抱上来放进屋里,小狗被抱起来之后虽然老老实实的,可是一看到人就会逃进地板下面,从没有一起到院子里来过,所以菊子也只是说有四五只左右。

在清晨的阳光下,信吾总算看清了有五只小狗。

那是在之前信吾看到麻雀和黄道眉交织飞舞的山脚下。防空洞里挖出的土堆在山脚下,打仗的时候那里还种过菜。现在成了动物们晒太阳的地方。

黄道眉和麻雀啄过的芒草已经枯萎,却依然坚挺地保持原来的形状,从山脚下铺到土堆上。阿旭选择在土堆上柔软的杂草中晒太阳,信吾佩服它的智慧。

在清晨人类起床前,或者就算起床也要忙着梳洗整理时,阿旭把孩子们带到了一个好地方,让它们晒着温暖的朝阳喝奶,享受一段不被人类打扰的悠闲时光。这是信吾最初的想法,他看着眼前小阳春天气中的图景露出微笑。虽然已经到了十二月二十九日,镰仓的阳光依然温暖。

他定睛一看,原来五只小狗散发出强烈的动物性,正在相互推搡着争夺乳房,用前脚掌压乳房,像压水泵一样挤出乳汁。而且阿旭似乎是觉得小狗已经长到了能爬上土堆的程度,不想让它们吸奶,于是不耐烦地摆动身体，把肚子压在身下。阿旭的乳房被小狗的爪子划出了红色的伤痕。

阿旭终于站起身来，甩开挂在乳房上的小狗，跑下土堆。一只执着地挂在乳房上的小黑狗从土堆上滚落下来。

土堆有三尺高，信吾心中一惊。小狗却若无其事地爬起来，瞬间站直，马上边走边闻起土地的味道。

"咦？"信吾心中疑惑。他觉得自己是第一次见到这只小狗，又觉得以前看到过和它姿势一模一样的小狗。他沉思片刻，喃喃自语："对了，是宗达的画。嗯，真厉害啊。"

信吾只看过一眼宗达的小狗水墨画的照片，本以为那是画成卡通图案的玩具小狗，现在发现那是栩栩如生的写实画，心中惊讶不已。如果在刚才看到的那只小黑狗身上加上品德和优雅，就会和画中的小狗如出一辙。

信吾联想到那张喝食的写实能剧面具，觉得很像某个人。

制作喝食面具的人和画家宗达身处同一时代。

宗达笔下的小狗用现在的话说就是杂种劣狗。

"喂，快过来，小狗都出来了。"

四只小狗畏手畏脚地从土堆上下来。

信吾满心期待，可是他再也没有看到小黑狗和其他小狗做出和宗达画中一模一样的动作。

信吾想，无论是小狗做出宗达画中的姿势，还是慈童面具成了现实中的女人，或者将两件事都反过来，会不会是意外的启示呢？

信吾把喝食面具挂在墙上，却把慈童面具收在架子深处，像是藏起一个秘密。

保子和菊子都听见信吾的召唤，来到盥洗室看小狗。

"你们这些人洗脸的时候都没看到吗？"

听了信吾的话，菊子轻轻把手搭在保子的肩膀上，从后面探出头来说："女人早上都是忙忙碌碌的嘛，妈，你说是吧？"

"就是。阿旭呢？"保子说，"孩子在这里转来转去，像是迷路了，又像是被扔掉了，做母亲的跑到哪里去了？"

"要扔掉它们的时候会不好受啊。"信吾说。

"已经有两只找到去处了。"菊子说。

"是吗，有人要了？"

"是的。一家是阿旭的饲主，说是想要一只母狗。"

"嗯？因为阿旭成了野狗，就想要它的孩子代替吗？"

"好像是这样。"

接着菊子回答了保子刚才的问题："妈，阿旭大概是去别家吃饭了。"

然后又对信吾解释："阿旭机灵着呢，附近的人家都很惊讶。它知道附近每一家吃饭的时间，会卡着点在周围晃悠。"

"哦？是吗？"

信吾有点儿失望。他以为最近每天早晚都给阿旭喂饭，阿旭会留在家里，结果还是卡着时间去邻居家吃饭。

"准确地说，他不是卡着饭点，而是瞅准饭后收拾的时间。"菊子加了一句，"之前在路上碰见邻居们，说阿旭在咱们家生小狗了，他们都在打听阿旭的情况。爸不在的时候，邻居家的孩子们还来看过阿旭的孩子呢。"

"很受欢迎嘛。"

"就是，还有位夫人说了句有趣的话，她说阿旭在咱们家生了孩子，咱们家也会有孩子出生呢。阿旭是来催咱们家夫人的，不是可喜可贺的事情吗？"保子说完，菊子红着脸抽回搭在保子肩上的手。

"啊呀，妈。"

"只是邻居家夫人的说法嘛。"

"哪有人会把狗和人相提并论。"信吾说，可这话也不中听。

不过菊子还是抬起头说："雨宫家的大爷很担心阿旭，来拜托我们把阿旭收下养着。说得可热心了，我都不知道怎么办才好。"

"是吗，咱们收养下来不是也挺好吗？"信吾回答，"它都到咱们家来了。"

雨宫是阿旭饲主的邻居，事业失败后卖掉房子搬到了东京。雨宫家本来寄住着一对老夫妻，帮忙做些家里的琐事，因为东京的房子太小，于是留在镰仓租了间房子。邻居们都把那家的老人叫作雨宫家的大爷。

阿旭最亲这位雨宫家的大爷。老人搬到租住的房间之后也会来看阿旭。

"我赶紧去告诉大爷，让他放心。"菊子听到后转身走开。

信吾没有看菊子的背影。他的目光追随着小黑狗，看到窗边倒着一株大刺儿菜。虽然花已经凋谢，茎秆从根部折断，不过刺儿菜的颜色依然青翠。

"刺儿菜真是坚韧啊。"信吾说。

# 冬樱

除夕夜里下起大雨，元旦是雨天。

从今年开始，年龄要按照周岁计算了，所以信吾六十一岁，保子六十二岁。

元旦本来可以睡个懒觉，结果房子的女儿里子一大早就在走廊里跑过，吵醒了信吾。

菊子已经起床了。

"里子，过来，和我一起烤放在年糕汤里的年糕吧，你也来帮把手。"菊子把里子叫到厨房，是为了不让她在信吾卧室外面的走廊上跑，结果里子依然像没听见似的继续在走廊上跑来跑去。

"里子，里子。"房子在卧室里叫她，里子也没有理母亲。

保子也醒了，对信吾说："雨中的元旦啊。"

"嗯。"

"因为里子起来了，就算房子可以接着睡，做媳妇的菊子就不得不起床了吗？"

说到"不得不"的时候，保子舌头发直没说清楚，信吾觉得好笑。

"我也好久没在元旦这天被孩子吵醒了。"保子说。

"以后每天都会这样。"

"也不是吧。我想应该是相原家里没有走廊,她到咱们家觉得新鲜才跑的。等习惯了之后就不会跑了。"

"谁知道呢,像她那么大的孩子不正是喜欢在走廊里跑步的年纪吗?啪嗒啪嗒地就像被走廊吸住了似的。"

"因为脚很柔软吧。"保子说,竖起耳朵听着里子的脚步声,"里子今年明明五岁了,可又变成了三岁,简直就像被附了身。我倒是没什么区别,不管是六十四还是六十二。"

"也不能这样说,还是有件奇怪的事。我比你月份大,所以从今年开始有一段时间会跟你同岁呢。从我过生日以后到你过生日之前,我们不就成了同样年纪的人了吗?"

"啊,对啊。"保子也发现了。

"怎么样,是个大发现吧?简直是这辈子最新鲜的事。"

"就是,不过事到如今,就算变得同岁也没意义了。"保子嘟囔着说。

"里子,里子,里子。"房子又叫了起来。

里子似乎跑腻了,回到了妈妈床边。

"你的脚不凉吗?"屋里传来房子的说话声。

信吾闭上了眼睛。

过了一会儿,保子说:"那孩子也是的,等大家起床后,当着大家的面像那样跑跑多好。人一多,她就把话闷在心里,一直黏着她妈妈。"

两人是在试探彼此对外孙女的爱吗？至少信吾觉得保子在试探自己的爱。又或许是信吾在自己试探自己。

可他的心确实没有被外孙女的脚步声融化，或许信吾确实不够温柔吧。

信吾并没有注意到里子跑动的走廊一片昏暗，还没有打开防雨窗。保子似乎很快注意到了，从这件事也可以看出保子心中确实觉得里子可怜。

房子婚姻的不幸在女儿里子心中投下了一抹阴影。信吾并非不觉得可怜，不过感受更多的还是着急和头疼，也是因为不知该如何处理女儿失败的婚姻。

眼下完全束手无策的情况甚至让信吾觉得惊讶。

父母在已经嫁出去的女儿的婚姻生活上发挥不了多大作用，等到不得不分开的时候，只觉得女儿自己没本事。

并不是说只要在房子与相原分开后把她和两个孩子接回来，事情就能解决。房子还没有得到治愈，而且房子的生活还没有重新开始。

没办法解决女人婚姻失败的问题吗？

秋天，房子离开相原后没有回娘家，而是去了信州的老房子。直到老家发来电报，信吾他们才知道房子离家出走了。

房子是修一带回来的。

在娘家住了一个月后，房子留下一句要和相原把话说清楚就离开了。

虽然信吾和修一说他们中的一个出面和相原谈更合适，可房子不听，坚持要自己去。

保子让她把孩子放在家里，可房子极力反驳，歇斯底里地说："问题不就是孩子要怎么办吗？还不知道是我带还是他带呢。"

就这样，房子一去不返。

毕竟是夫妻间的事情，信吾他们也不知道应该沉默地等多久，每天都惴惴不安。

房子杳无音信。

她是不是打算回到相原身边呢？

"房子是不是打算就这样拖下去啊。"保子说。

"拖延时间的是我们吧？"信吾回答，两人都表情阴沉。

除夕那天，房子突然回来了。

"怎么样了？"保子战战兢兢地看着房子和孩子。

房子想收起伞，可是手在发抖，折断了一两根伞骨。

保子见此情景，问她："下雨了吗？"

保子正在让菊子帮忙把红烧肉放进多层方木盒里。

房子是从厨房门进来的。

信吾以为房子是来要零花钱的，可看起来并非如此。

保子也擦了擦手走进餐厅，站在原地打量着房子说："除夕晚上，相原还能让你回来啊。"

房子默默流泪。

"算了,已经明确要断了。"信吾说。

"是吗?可是怎么会有人在除夕把人赶出来。"

"我是自己出来的。"房子哭着反驳。

"是呀,那就好。我们还想着去叫你回来过年呢,你就自己回来了。是我说话不好听,给你道个歉。那些事等过完年再慢慢说吧。"

保子走进厨房。保子的语气让信吾屏住了呼吸,他能从中感受到做母亲的爱。

无论是房子在除夕从厨房门回到家,还是里子元旦早晨在走廊里跑来跑去,保子都很快表现出同情,虽然这样挺好,可信吾却起了疑心,总觉得这份同情中包含着对他的顾忌。

元旦那天早晨,房子起得最晚。

哪怕所有人都在听着房子漱口的声音等她吃饭,房子依然花了很长时间化妆。

因为无事可做,修一给信吾斟了一杯日本酒:"在喝屠苏酒前,先喝一杯吧。爸的头发也白了不少啊。"

"啊,到了我们这把年纪,说不定哪一天白头发突然就变多了。都用不了一天,眼看着就变白了。"

"怎么会。"

"是真的,你看着。"信吾说着稍稍探出头来。

保子和修一一起看着信吾的头。菊子也一脸严肃地盯着信吾的头。

菊子把房子的小女儿抱在膝头。

菊子帮房子和孩子们又烧了一个被炉,向她们那边走去。

信吾和修一面对面坐在一个被炉里喝酒,保子从旁边钻了进去。

修一在家里不太喝酒,或许是因为元旦下了雨,一不小心就没控制住量,他开始无视父亲自斟自饮,喝到连眼神都变了。

信吾听说修一曾在娟子家喝得烂醉,逼着和娟子同居的女人唱歌,结果惹哭了娟子,现在看着修一的醉眼,他想起了那件事。

"菊子、菊子。"保子叫道,"给我们也拿点儿橘子来。"

菊子打开纸拉门拿来橘子后,保子说:"你来我们这边吧,那两个人一句话都不说,就知道喝酒。"

菊子瞟了修一一眼,岔开话题:"爸没有喝酒吧?"

"啊呀,我只是稍稍想了想爸这一辈子。"修一嘟囔着,仿佛在讽刺别人。

"一辈子?一辈子的什么?"信吾问他。

"挺模糊的。硬要总结的话,就是在想爸这一辈子是成功还是失败?"修一说。

"这种事情谁知道呢……"信吾把话题推了回去,"今年过年,沙丁鱼干和鱼肉鸡蛋卷的味道基本回到打仗之前了,从这个意义上来说算是成功了吧。"

"沙丁鱼干和鱼肉鸡蛋卷吗?"

"是啊,就是这么回事了吧。你不是说稍稍想了想我这一辈子嘛。"

"虽然我说了是稍稍。"

"嗯。平凡人的一生想的不就是今年也要活着,想想新年的沙丁鱼干和干青鱼子这些事情嘛。不是有那么多人都死了吗?"

"这倒是。"

"不过,父母这辈子是成功是失败,好像也要看孩子的婚姻是成功还是失败,这就让人为难了。"

"这是您的真实感受吗?"

保子抬起头来小声说:"别说了,大过年的,房子在家里呢。"然后又问菊子,"房子呢?"

"姐姐已经睡了。"

"里子呢?"

"里子和宝宝也睡了。"

"啊呀呀,母女三个都去打盹了吗?"保子茫然地说,脸上带着上了年纪后的天真神情。

门开了,菊子过去看,是谷崎英子来拜年。

"啊呀呀,下这么大的雨还过来。"信吾吃了一惊,那句"啊呀呀"和保子刚才的语气如出一辙。

"她说不进来了。"菊子说。

"是吗?"信吾向大门口走去。

英子抱着外套站在门口,穿着一件黑天鹅绒的衣服。脸似乎修过,化着浓妆,收腰的打扮让她显得更加小巧。

英子有些生硬地打了个招呼。

"雨这么大你还过来。我还想着今天没人会来,也不打算出去了。外面冷,进来暖和暖和吧。"

"嗯,谢谢您。"

英子是冒着冷雨来的,所以信吾看不出她是只摆出一副想要倾诉的姿态,还是真的有话要说。

总之,他能感觉到冒着这么大的雨过来挺不容易的。

英子没有进屋的意思。

"既然如此,我也出门好了。我和你一起走,你能进来等我一下吗?只有板仓先生那里是要在每年元旦去露个脸的,就是前任社长。"

信吾从今天早上开始就在盘算这件事,见英子来了,就下定决心急忙开始收拾。

在信吾起身走向大门口后,修一就一下子躺倒在地,等信吾回来开始换衣服时,他又坐了起来。

"谷崎来了。"信吾说。

"嗯。"

修一应了一句,并没有要去见英子的意思。

信吾出门时,修一抬起头,目光追随着父亲说:"趁天还没黑前回来啊。"

"嗯,我会尽快回来。"

阿旭在门口徘徊。

小黑狗不知道从哪里钻了出来,学着母亲的样子在信吾前面向大门口走去,身子摇摇晃晃的,身体一侧的毛被打湿了。

"啊,真可怜。"英子在小狗面前蹲下。

"它妈妈在我们家生了五只小狗,有人想要,已经送出去四只了。就剩这一只。"信吾说,"这只也说好要给别人了。"

横须贺线上空空荡荡的。

信吾透过车窗看着斜飞的雨点,总觉得心情不错,出门是正确的。

"每年,去八幡神社参拜的人都会把车挤得满满当当的。"

英子点了点头。

"对了,你总是在元旦这天来给我拜年啊。"信吾说。

"是。"英子低着头,半晌后说,"我想着就算不在公司了,元旦要是也能去打个招呼就好了。"

"等你结婚以后就来不了了吧?"信吾说,"怎么了?你来是有什么话想说吧?"

"不。"

"你尽管说。我脑子迟钝了,会有些糊涂。"

"您别装糊涂。"英子的说法有些奇怪,"我希望您让我辞职。"

虽然这话在信吾的预料之中,可他还是不知道该如何回答。

"这种事情,大过年的,是我不该提这种要求。"英子老成地说,"改天再说吧。"

"好吧。"信吾心下黯然。

英子在他的办公室里干了三年,仿佛突然变成了另一个女人,明显和平时不一样。

他平时并没有仔细观察过英子,她不过是信吾的女事务员而已。

眼下，信吾自然想留住英子。可是他没有任何能留住英子的东西。

"你说想辞职，是因为我吧？我让你带我去了修一情人的家里，你不高兴，觉得在公司里见到修一会难受吧？"

"真的很尴尬。"英子明明白白地说，"我后来想了想，您是做父亲的，做这种事情是理所当然。而且我很清楚自己做得不对，我让修一带我去跳舞，还扬扬自得地让他带我去娟子家玩。是我堕落了。"

"堕落？没那么严重吧。"

"我变坏了。"英子伤心地眯起眼睛，"等我辞职后，为了感谢您这几年的照顾，我会去拜托娟子离开修一的。"

信吾大吃一惊，又有些不好意思。

"我刚才在门口见到的是夫人吧？"

"你说菊子吗？"

"嗯。我很难受，已经下定决心无论如何都要和娟子谈谈了。"

信吾感受到英子的轻松，自己的心情仿佛也变得轻松了。

他突然觉得，说不定这种轻率的方法真的能解决问题。

"可我没道理拜托你这样做。"

"我是为了报恩，自己决定的。"

英子用那张樱桃小口说出夸张的话，信吾总觉得有些难为情。

信吾也想对她说不要随便多管闲事。

可是英子似乎被自己的"决心"感动了。

"家里有那么好的夫人，真不知道男人是怎么想的。虽然我看到他和娟子打闹的时候会不舒服,不过如果是和夫人,他们再怎么恩爱我也不会吃醋。"英子说,"可是,不会让其他女人吃醋的女人,是不是没办法满足男人啊!"

信吾苦笑了一下。

"他总说夫人还是个孩子之类的。"

"跟你说吗?"信吾提高了声音。

"嗯,和我说,也和娟子说……还说因为她孩子气,很得老头子喜爱。"

"说什么傻话。"信吾不由得看向英子。

英子有些慌了:"不过最近没说了。最近他没有提到过夫人。"

信吾气得几乎浑身发抖,他意识到修一说的是菊子的身体。

修一希望在新婚妻子身上看到像娟妇那样放荡的一面吗?真是惊人的无知,可是信吾又觉得其中还蕴含着可怕的精神麻痹。

修一会把妻子的事情告诉娟子,甚至告诉英子,这份不谨慎也是缘于精神的麻痹吧。

信吾感受到修一的残忍。不仅是修一,他还感受到娟子和英子对菊子的残忍。

修一难道感受不到菊子的纯洁吗?

信吾脑海中浮现出菊子纤细白皙的娃娃脸,她是家里最小的孩子。

尽管信吾明白因为儿媳妇而在情感上憎恨儿子有些不正常,可他依然无法控制自己。

信吾因为爱慕保子的姐姐,在姐姐死后娶了比自己大一岁的保子,或许这样的不正常一直流淌在心底,让他为菊子的事情而感到愤怒。

修一的情人出现得太早,菊子似乎不知道该如何嫉妒,可是在修一的麻痹和残忍之下,或者应该说正是因为这份麻痹和残忍,才唤醒了菊子心中女性的一面。

信吾觉得英子的发育甚至比不上菊子。

最终,大概是因为某种寂寞的情绪压制了自己的愤怒,信吾没有说话。

英子沉默地摘下手套,理了理头发。

一月中旬,热海旅店的院子里樱花盛开。

院子里种的是寒樱,从年底就开始开花了,信吾觉得仿佛来到了另一个世界的春天。

信吾把红梅错认成绯桃花,把白梅错认成杏子之类的花。

被带进房间之前,信吾被泉水中倒影的樱花吸引,走到岸边站在桥上赏花。

他走到对岸去欣赏伞形的红梅。

红梅下面蹲出三四只白色的鸭子。鸭子淡黄色的嘴和深黄色的脚也让信吾感受到了春天的气息。

明天要接待公司的客人,信吾是来做准备的。和旅店打好招呼后就没事了。

他坐在走廊的椅子上眺望鲜花盛开的院子。

院子里还开着白色杜鹃花。

可是十国岭那边有厚重的阴云压下,于是信吾走进房间。

桌子上放着两块表,一块怀表,一块手表,手表的时间快两分钟。

两块表的时间很少完全重合,信吾总是会介意。

"既然介意,只拿一块不就好了吗?"

虽然他觉得保子的话很在理,可是多年来已经养成了习惯。

晚饭前下了一场暴风雨。

旅店停电,于是他早早睡下了。

醒来后,他仿佛听见院子里有狗在叫,其实是如同大海咆哮般的风雨声。

信吾额头汗津津的。室内就像春季海边下暴风雨时一样沉闷,闷热得让人喘不过气来。

信吾一边深呼吸,一边蓦地升起一股不安,似乎想要吐血。他在六十岁那年吐过一次血,不过后来再也没有出现过不适。

"不是胸口,是胃里恶心。"信吾自言自语地说。

耳朵里堵着讨厌的东西,通过两侧的太阳穴堆积在额头上。信吾揉了揉脖子和额头。

像海鸣一样的声音是山上的暴风雨,在这个声音之上,还有尖锐的风雨声逐渐靠近。

远处传来轰隆隆的声音,就像暴风雨的背景音。

信吾知道,那是火车穿过丹那隧道的声音。一定没错,火车钻出隧道时鸣响了汽笛。

可是在听到汽笛后,信吾突然感到一阵恐惧,彻底清醒了。

那声音确实持续了很长时间。火车穿过七千八百米长的隧道需要花七八分钟。信吾从火车进入对面的隧道口开始就听到了声音。可是旅店距离热海出口还隔着七百多米,怎么会在火车刚进入对面的函南车站口时就听到声音呢?

听到声音,信吾脑海中清晰地感受到正在通过黑暗隧道的火车。在火车从对面入口开往热海入口期间始终能感觉到它。火车钻出隧道口时,信吾也松了一口气。

可这件事情有古怪。天亮之后,他打算问问旅店的人,还想打电话咨询咨询车站。

他久久没能入睡。

"信吾,信吾。"半梦半醒间,信吾听到了有人呼唤自己的声音。

这个声音只会是保子的姐姐。

醒来时,信吾有些迟钝,仿佛浑身发麻。

"信吾,信吾,信吾。"那声音从房间里的窗户下方传来,仿佛在悄悄靠近。

信吾猛地清醒过来。屋后的小河水声很大,有孩子们在叫喊。

信吾起身打开屋后的防雨窗。

早晨阳光明媚。冬日的朝阳投下如同被春雨浸润过的温暖光芒。

小河对面的路上有七八个孩子聚在一起去上小学。

刚才的叫喊声就是孩子们呼朋唤友的声音吧。

信吾探出身子,用眼睛搜寻着河岸这边的竹林。

# 朝露

## 一

正月的第一天，信吾在听到儿子修一说过"爸的头发也白了不少"后，之所以回答"到了我们这把年纪，说不定哪一天白头发突然就变多了。都用不了一天，眼看着就变白了"，是因为想到了北本。

提到信吾在校时的朋友，有不少已经年过六十，从战争中途到战败后经历过命运的转折。他们在五十多岁时还处于上层阶级，一旦跌倒就会摔得很惨，而且跌倒后很难站起来。在他们这个年龄，儿子可能已经在战争中死去。

北本失去了三个儿子。当公司开始为战争服务时，北本就变成了没用的技术员。

"他好像是在镜子前拔白头发的时候疯了。"

一名旧友来公司拜访信吾时提起了关于北本的传言。

"他也不去公司，一开始，家里人没当回事，觉得他是闲下来了，拔白头发解闷，不需要放在心上……可是北本每天都会蹲在镜子前面，昨天才拔过的地方，第二天又长出来了，真的多到拔不干净。日复一日，北本对着镜子的时间越来越长，只要看不见他，就一定是在镜子前面拔白头发。北本稍微离开镜子一会儿就会坐立不安，然后马上回去,一直拔个不停。"

"像他这样一个劲儿地拔,头竟然还没秃。"信吾笑着说。

"这事可不好笑,就是啊,他的头发一根都不剩了。"

信吾还是笑了起来。

"你这个人呀,我可没说谎。"朋友和信吾面面相觑,接着说,"听说北本拔着拔着,头发就全部变白了。拔掉一根白头发,旁边的两三根黑头发就会眼看着变白。他坐在镜子前面看着自己的白头发越拔越多,那眼神真没办法形容。结果头发明显变得稀薄了。"

信吾忍住笑意问:"他老婆什么都不说,就看着他拔吗?"

朋友一本正经地继续说:"头发终于越来越少了,听说剩下不多的头发已经全都变白了。"

"很疼吧?"

"你说拔的时候吗?因为他担心拔到黑头发,所以会专心地一根一根拔,拔的时候倒不疼。不过医生说拔了那么多头发,头皮都抽筋了,用手摸的时候会痛。虽然没流血,不过没了头发的头皮红红的,肿了一片。他最后被送进了精神病院。听说北本在医院里把剩下的几根头发都拔掉了。真吓人,执迷不悟太可怕了。他不想老去,想返老还童,就是不知道他是疯了之后才开始拔白头发,还是拔着拔着就疯掉了。"

"他已经好了吧?"

"好了。奇迹发生了。他光秃秃的头上长出了浓密的黑头发。"

"真是个不错的故事。"信吾又笑了起来。

"你这人,我说的是实话。"朋友没笑,"疯子没有年龄。要是我们也疯了，说不定能年轻不少岁呢。"

接着，朋友看了看信吾的头："我已经没希望了，你还有希望。"

朋友的头已经秃了不少。

"我也拔一根试试好了。"信吾嘟囔着。

"试着拔一拔吧。不过估计你没那个热情，能拔到一根不剩。"

"是没有。我不在乎白头发，没有想让头发变黑想到发疯。"

"而且你的地位很稳固嘛。你可是从上万人的苦难和灾祸的大海中游过来的。"

"简单来说，比起像北本那样去拔拔不完的白头发，不如染发来得方便，结果都一样吧。"信吾说。

"染发只是遮掩。要是只想着遮掩，我们身上就不会出现北本那样的奇迹了。"朋友说。

"可北本不是死了吗？就算真的发生了你所说的奇迹，头发变黑、返老还童……"

"你去参加葬礼了吗？"

"我当时不知道他的死讯。是在战争结束，稍稍稳定下来后才听说的。就算知道，那时候空袭正激烈，也不能去东京吧。"

"不自然的奇迹维持不了久。北本拔白头发或许可以反抗年龄的增长，反抗没落的命运，可看起来寿命是另一回事。头发变黑并不会让寿命延长。说不定正好相反。在长出白头发后再长出黑发要消耗大量精力，说不定反而缩短了寿命。不过我们也不能对北本拼上性命地冒险隔岸观火。"朋友下完结论后摇了摇头，光秃秃的头顶上垂下帘子一样的头发。

"到现在这个时候,不管见到谁都是一头白发了吧?打仗的时候还不至于,打完仗之后头发明显变白了。"信吾说。

信吾并没有完全相信朋友说的话,只是当作添枝加叶的故事。

不过他确实已经从别人口中听说了北本去世的事情。

朋友回去后,信吾独自一人想到他刚才说过的话,心情有些异样。如果北本去世是事实,之前白发变黑发的故事仿佛也变成了事实。如果长出黑发是事实,那么之前北本发疯的事情仿佛也变成了事实。如果北本发疯的事情是事实,那么之前他拔光头发的事情仿佛也变成了事实。如果拔光头发的事情是事实,那么他对着镜子看的时候,黑发变白仿佛也变成了事实。这样一来,朋友的话不就全都是事实了吗?信吾心中一惊。

"忘记问他北本死时是什么样子了。头发是黑的还是白的?"

信吾说着笑了起来。不过无论是说话还是笑都没有出声,只有自己能听见。

就算朋友的话都是真的,没有夸张,估计也是带着嘲弄的语气说出来的。一位老人用轻浮残酷的语气搬弄一位已经死去的老人的传言,这让信吾心中不痛快。

在信吾的同学里,死法奇怪的除了北本,就是水田了。水田带着年轻女人去温泉旅馆,在那里猝死。去年年底,信吾买下了水田遗物里的能剧面具,又是看在北本的面子上让谷崎英子进的公司。

水田死在战后,所以信吾也去参加了他的葬礼。可是北本死在空袭的时候,他是后来才知道的,等谷崎英子拿着北本女儿的介绍信来到公司的时候，信吾才第一次听说北本的遗属疏散到岐阜县后就一直留在那里。

听说英子是北本女儿的同学。当北本的女儿介绍这么一位朋友来信吾公司上班的时候，信吾觉得非常突然。信吾见都没见过北本的女儿，英子也说打仗以后就没见过北本的女儿。信吾觉得这两个姑娘太草率，要是北本的女儿在和母亲商量之后，由她的母亲想起信吾，亲自写信介绍就好了。

信吾看到北本女儿的介绍信时，并不觉得有帮她的责任。

见到她介绍来的英子，又觉得这姑娘身体瘦弱，举止轻佻。

不过信吾还是让英子进了公司，安排在自己的办公室里做事。英子干了三年。

三年过得很快，信吾事后想想，对英子来说已经坚持了挺久。在这三年里，和修一一起跳舞就算了，她还去过修一情人的家，甚至还被信吾要求带路去看那女人的家。

似乎是因为这些事情让英子在这段时间里感到压抑，她才选择了辞职。

信吾没有和英子说起过北本。英子应该不知道朋友的父亲是发疯死掉的，两人的关系还没亲密到了解彼此的家庭。

尽管信吾觉得英子是个轻佻的姑娘，但她一辞职，信吾又感受到了英子的良心和善意。因为英子还没结婚，所以这份良心和善意又类似一种清纯。

## 二

"爸,您起得真早。"

菊子倒掉本来打算自己洗脸的水,给信吾换上了一盆新的。

血滴滴答答地滴进水里,在水中散开变淡。

信吾突然想到自己有轻微的咯血,觉得水中的血比自己的漂亮,以为是菊子咯血了,其实是鼻血。

菊子用毛巾压住鼻子。

"仰起头,仰起头。"信吾把手绕到菊子背后,菊子向前趔趄了一下,似乎想要躲开。信吾抓住菊子的肩膀向后一拉,把手放在她的额头上让她向后仰。

"啊,爸,已经没事了,抱歉。"

菊子说着,一道血丝沿着手掌流到胳膊肘。

"不要动,蹲下,躺着。"

菊子在信吾的搀扶下靠墙蹲下。

"去躺着。"信吾重复了一遍。

菊子闭上眼睛没有动。她脸色苍白,仿佛失去了意识,又像是放弃了什么东西的天真孩童。信吾看着她刘海下的淡淡伤痕。

"止住了吗?要是不流血了就去卧室休息。"

"好。已经没事了。"菊子用毛巾擦了擦鼻子,"脸盆脏了,我现在就去洗。"

"嗯,不用了。"

信吾急忙倒掉脸盆里的水。水下似乎溶解了一层淡淡的血色。

信吾没有用脸盆，而是用手接着水龙头里的水洗了把脸。

他打算叫醒妻子给菊子帮忙。

可又觉得菊子多半不想让婆婆看到自己痛苦的样子。

菊子的鼻血喷涌而出，信吾感觉仿佛是菊子的痛苦喷涌而出。

正当信吾坐在镜子前梳头的时候，菊子走了过去。

"菊子。"

"是。"菊子回头应了一声，继续向厨房走，她用火铲盛来炭火。信吾看到火星四溅的样子。菊子把用煤气点燃的火放进了餐厅的被炉里。

"啊！"信吾叫出声来，连自己都吓了一跳。他彻底忘记了女儿房子。餐厅之所以光线昏暗，是因为房子和两个孩子睡在隔壁房间，没有打开防雨窗。

要想找人帮菊子的忙，不用叫醒老妻，只要叫醒房子就好。尽管如此，当他打算叫醒妻子的时候，完全没有想到房子。

信吾钻进被炉，菊子端来一杯热茶。

"很晕吧？"

"有一点儿。"

"时间还早，今天早上你去休息吧。"

"还是活动一下比较好。取报纸的时候吹了下冷风，已经好多了。都说女人流鼻血不需要担心嘛。"菊子轻松地说，"今天早上这么冷，爸怎么起得这么早？"

"怎么回事呢？我在寺庙敲钟之前就醒了。那口钟不管是冬天还是夏天都是六点敲。"

虽然信吾先起床,但是他在修一走后才出发去公司。冬天向来如此。

吃午饭的时候,他邀修一去附近的西餐馆对他说:"你知道菊子额头上的伤吧?"

"知道。"

"是因为她母亲难产,医生用钳子留下的伤吧。虽然不能说是出生时痛苦的痕迹,不过在菊子感到痛苦的时候就很明显。"

"今天早上吗?"

"是啊。"

"因为她流鼻血了吧。脸色不太好,所以能看见伤疤。"

信吾有些扫兴,不知道菊子是什么时候告诉了修一流鼻血的事情,他说:"昨天晚上菊子没睡吧?"

修一皱起眉头,一时没有说话。

"爸,你不用在意外面来的人。"

"什么叫外面来的人,他不是你老婆吗?"

"我就是在说让你不要在意儿子的老婆。"

"什么意思。"

修一没有回答。

信吾到会客室的时候,英子正坐在椅子上,屋里还站着另一个女人。

英子也起身打了个招呼："好久不见，天气变暖和了。"

"有一阵子没见了，进入二月了嘛。"

英子似乎胖了一些，脸上的脂粉也更厚了。信吾想起和英子跳舞那次，觉得她的乳房正好能握在一只手掌里。

"这位是池田小姐，之前提起过的……"英子介绍时，眼神楚楚可怜，泫然欲泣。这是她认真时的习惯。

"啊，我是尾形。"信吾不能对这个女人说麻烦你照顾修一了。

"池田小姐不想来的，也没道理要来，是我勉强她过来的。"

"是吗？"信吾接着对英子说，"在这里行吗？也可以出去找个地方。"

英子用询问的眼神看着池田。

"我觉得在这里就可以。"池田冷冷地说。

信吾心中疑惑。

英子确实说过要让信吾见见和修一的情人住在一起的女人，可是信吾并没有放在心上。

辞职两个月后，英子真的把她带来了，这让信吾着实感到意外。

终于要分手了吗？信吾等着池田或者英子开口。

"因为英子太啰唆了，虽然我觉得来见您也没什么用，不过还是来登门拜访了。"

池田的语气中带着抗拒。

"因为我以前就和娟子说过，最好和修一分手，所以才来见您的，我觉得见您一面，一起劝他们分手也挺好的。"

"嗯。"

"英子说您对她有恩，而且她同情修一的妻子。"

"那是位好妻子。"英子插了一嘴。

"英子对娟子也说过这样的话，可是如今很少有女人会因为男人有个好妻子就主动退出的。娟子说了，要想让我把他还回去，就把我战死的丈夫还给我。只要能让他活着回来，不管他怎么出轨，怎么找女人，都会随他的便。她问我怎么想，我的丈夫死在战争中，我也并非没有和她一样的想法。娟子还说，丈夫去打仗了，我们不是在家忍着吗？那他们死了以后，我们要怎么办呢？修一来找我，他妻子又不用担心他会死，他不是毫发无伤地回去了吗？"

信吾苦笑了一声。

"再好的妻子，也没有经历过丈夫战死啊。"

"啊呀，这话真是胡搅蛮缠。"

"嗯，那些话是娟子喝醉之后哭着说的……她和修一两个人喝得酩酊大醉，让他回去告诉妻子：'你没有等过去打仗的丈夫吧，不过是在等着肯定会回来的丈夫而已，好，就这样告诉她。'我也是个战争寡妇，战争寡妇谈恋爱有什么不对的？"

"这是什么意思？"

"男的也是，修一也不该喝醉嘛。他对娟子可粗暴了，还逼她唱歌。娟子不喜欢唱歌，我没办法，只好小声唱。要是不能安抚住修一，在邻居面前就太丢人了……他逼我唱歌，还侮辱我，我不甘心，可又觉得那不是在耍酒疯，而是从战场带回来的毛病。或许修一在外地战场上就是这样玩弄女人的。这样一想，修一玩弄女人的样子就和我战死的丈夫在战场上玩弄女人的样子重合在一起了。我心里一紧，大脑一片空白，怎么说好呢？我好像变成了被自己的丈夫玩弄的女人，唱着下流的歌曲哭泣。后来我告诉了娟子，虽然她觉得自己的丈夫不可能做这种事，可又觉得拿不准。后来修一逼我唱歌的时候，娟子也跟着哭……"

信吾脸色阴沉，觉得那是一种病态。

"就算为了你们自己，也是尽快分手比较好吧。"

"是啊。修一回去后，娟子也曾对我感慨事情变成这样，自己都堕落了。既然如此还是和修一分开的好，可是她又觉得如果分开了，以后就会真的堕落，她也在害怕吧。女人啊……"

"这倒是不用担心。"英子在旁边插嘴。

"嗯。"

"我这套衣服也是娟子缝的。"池田指着自己的套装说，"她的手艺仅次于主管裁缝，在店里也很受重视，有她帮英子说话，店里马上就录用英子了。"

"你也在那家店里工作？"信吾惊讶地看着英子。

"嗯。"英子点了点头，脸有些红。

拜托修一的女人给自己找工作，和她进了同一家店，今天又带她来公司，信吾不明白英子的想法。

"所以我想娟子没给修一添过什么经济上的麻烦。"池田说。

"自然如此，经济上的……"信吾烦躁地说，说了一半就放弃了。

"我说了很多看见修一欺负娟子的事……"池田低下头，把手放在膝头,"修一也是受过伤才回来的,是心里受过伤害的士兵啊。还有……"

她又抬起头说:"你们不能分开住吗?我觉得要是修一和妻子单独住,多半就能和娟子分开了。我想了很多……"

"是啊,我会考虑。"信吾点头答应,虽然不喜欢对方指手画脚,却深有同感。

信吾没打算拜托这个名叫池田的女人做任何事情,所以没有主动说话,只是听她倾诉。

在池田看来,尽管信吾的态度并不谦虚,可是如果不能敞开心扉商量,为什么要叫自己来见他呢?不过她还是说了很多,听上去是在为娟子辩解,又并不只是如此。

信吾觉得或许应该感谢英子和池田。

两人的到访并没有让他感到困惑和猜疑。

可是信吾大概是觉得自尊心受到了屈辱,回去路上,他去参加了公司的宴会,正打算入席,一名艺伎在他耳边轻声细语地说了几句,结果他气势汹汹地抓住艺伎的肩膀说:"你说什么?我耳背,听不清。"

虽然他立刻松开了手,艺伎还是揉着肩膀说"好痛"。见信吾脸色难看,艺伎说着"请到这边来一下",走在信吾身边把他带到了走廊上。

信吾到家时已经十一点了，可是修一还没有回来。

"您回来啦。"

在餐厅对面的屋子里，房子一边给小女儿喂奶，一边支起胳膊撑着头。

"啊，我回来了。"信吾看了她一眼，"里子睡了吗？"

"嗯，刚睡着。刚才里子还在问我一万日元和一百万日元哪个多呢，特别好笑。我告诉她等外公回来，让她问问外公，结果她就睡着了。"

"嗯。她问的是战前的一万日元和战后的一百万日元吧。"信吾笑着说，"菊子，给我一杯水。"

"是。水？您要喝吗？"菊子有些惊讶，起身去倒水。

"要井里的水，不要加了漂白粉的水。"

"好。"

"里子又不是在战前生的，我当时还没结婚呢。"房子在床上说。

"不管是战前还是战后，都是不结婚更好啊。"

信吾的妻子听着菊子在屋后的井里打水的声音说。

"现在听着压水泵的声音也不觉得冷了。冬天的时候啊，菊子为了给你泡茶，一大早就要去打水，吱呀吱呀的声音在床上听着都冷。"

"嗯，其实我在想要不要让她和修一出去自己住。"信吾小声说。

"分开住吗?"

"那样更好吧。"

"是啊。要是房子也一直住在家里的话……"

"妈,要是分开住,也该是我出去吧。"房子起身说,"我会出去住,是这样吧。"

"这事和你没关系。"信吾愤愤地说。

"有关系,太有关系了。相原说就是因为爸不疼我,我的脾气才会不好,我当时话都哽在喉咙里,从来没有那么不甘心过。"

"好了,冷静点儿,你都三十岁了。"

"没个能安顿下来的地方,我怎么冷静。"

房子遮住丰满的乳房。

信吾疲惫地站起来说:"老太婆,睡吧。"

菊子端来一杯水,一手拿着一片大叶子。信吾站着喝了一大口后问菊子:"这是什么?"

"是枇杷的新叶。我借着暗淡的月光看到井边有个白花花软乎乎的东西,不知道是什么,结果是枇杷的新叶长大了。"

"真是小女生才喜欢的东西。"房子讽刺地说。

# 夜声

## 一

像男人呻吟一样的声音吵醒了信吾。

他有些分不清那是狗叫声还是人声。一开始,信吾听到的是狗叫声。

阿旭的声音像即将死去一样痛苦,是喝了毒药吗?

信吾的心跳突然加快。

"啊。"他按住胸口,像心脏病发作一样。

清醒过来后,他听出那不是狗叫,而是人的呻吟声。是有人被勒住脖子,舌头打结时发出的声音。信吾打了个寒战,有人被害。

"听你的,听你的。"那人似乎在说。

是喉咙被掐出后痛苦的呻吟声,口齿不清。

"听你的,听你的。"

是因为即将被杀害,所以说会听对方的意见和要求吗?

门口传来有人倒下的声音。信吾耸了耸肩膀,摆出要起床的姿势。

"菊子，菊子。"①

是修一在喊菊子，舌头打结，发不清"菊"的声音，应该是醉得厉害。

信吾疲惫地倒下，头枕在枕头上休息，心跳依然很快。他一边抚摸胸口一边调整呼吸。

"菊子，菊子。"

修一似乎没有用手敲门，而是在晃晃悠悠地用身体撞门。

信吾喘了口气，打算去开门。

可是突然意识到自己起床去开门不合适。

修一呼唤菊子的语气中包含着痛苦的爱意和悲哀，仿佛肝肠寸断。那声音就像极端痛苦的时候，或者遇到生命危险的时候，孩子呼唤母亲的呻吟，又像是背负着深重罪孽之人的呼喊声。修一是在敞开心扉，可怜地向菊子撒娇。或许他以为妻子听不见，才借着醉意发出撒娇的声音，仿佛在央求菊子。

修一的悲伤传到了信吾心中。

自己有没有哪怕一次，带着那么绝望的爱意呼唤妻子的名字呢？恐怕自己无从知晓修一在外地战场时，会在某一时刻升起的绝望吧。

信吾支起耳朵，希望菊子能醒来。又觉得让儿媳妇听到儿子悲惨的声音有些羞耻。信吾心想如果菊子不醒，就叫醒妻子保子，不过菊子能起床还是最好的。

信吾用脚尖把温热的暖水袋推到床脚。或许是因为自己到了春天

---

① 日语中的"听你的"和"菊子"发音相似。

还用暖水袋，才会心悸的吧。

信吾的暖水袋由菊子负责。他经常说："菊子，灌暖水袋就拜托你了。"

菊子灌的暖水袋保温时间最长，口也封得很严实。

保子到了这把年纪还是不喜欢用暖水袋，不知道是因为固执还是身体健康。她的脚很暖和，五十多岁的时候，信吾还会用妻子的身体取暖，这几年才分开。

保子也不会把脚伸到信吾的暖水袋那边。

"菊子，菊子。"敲门声又响起来了。

信吾打开枕边的灯看表，快两点半了。横须贺线的末班车一点前就会到镰仓站，修一大概又泡在车站的酒馆里了。

信吾想，听修一刚才的声音，估计和东京的情人的关系快要走到尽头了。

菊子起身从厨房走了出去。

信吾松了口气，关上灯。

信吾在嘴里嘟囔着"原谅他吧"，仿佛是在对菊子说话。

修一似乎是挂在菊子身上进来的。

"疼，好疼，放开我。"菊子说，"你左手抓住我的头发了。"

"是吗？"

两人纠缠着倒在厨房里。

"这样不行，你别动……腿放在我膝盖上……喝醉了腿会肿啊。"

"我的腿肿了？不是吧？"

菊子似乎把修一的腿架在自己的膝头帮他脱鞋。

菊子原谅他了。信吾不需要担心，那对夫妻之间，当菊子原谅修一的时候或许反而是开心的。

菊子也许同样听到了修一的喊声。

尽管修一和情人喝醉后才回家，菊子依然会抱着他的腿放在自己膝头帮他脱鞋，信吾觉得那是菊子的温柔。

菊子照顾修一睡下后，起身去关厨房门和大门。

就连信吾都听到了修一的呼噜声。

被妻子接进家里后，修一马上就睡着了，刚才陪着修一喝到烂醉的娟子算什么呢？修一在娟子家喝醉后恐怕又大闹了一番，弄哭了娟子吧？

更何况，尽管菊子经常因为修一和娟子的关系而脸色苍白，腰身倒是日渐丰满。

虽然修一响亮的呼噜声很快就停了，可信吾还是睡不着。

他觉得是保子打呼噜的毛病传染给了儿子。

又或许并非如此，而是因为修一今天晚上喝多了酒。

最近，信吾都没听到保子的呼噜声。

天冷的时候保子似乎睡得更好。

要是睡眠不足，信吾在第二天就会记性更差，陷入烦躁和伤感的情绪之中。

就连现在,听着修一呼唤菊子的声音时,他心中都带着伤感。或许修一只是舌头打结,借醉酒来掩饰羞愧。

信吾在口齿不清的声音中感受到修一的爱意和悲伤,说不定只是信吾自己的一厢情愿。

无论如何,信吾都因为修一的呼喊声原谅了他,还觉得菊子也原谅了修一。信吾想到了血亲的自私自利。

信吾希望对儿媳菊子表现出亲切,可归根结底还是会站在亲儿子一边。

修一是丑陋的,在东京的情人那里喝得烂醉,回来后倒在家门口。

如果是信吾去开门,应该会皱起眉头,而修一也会清醒过来吧。还好开门的是菊子,修一才得以扶着菊子的肩膀走进家门。

菊子是修一的受害者,又是修一的赦免者。

菊子刚刚二十出头,要想维持和修一的夫妻关系,一起生活到信吾和保子的年纪的话,她还必须原谅丈夫多少次啊!菊子能永远原谅他吗?

可所谓夫妻,就是要无止境地吸收彼此的恶劣性情,像一块令人毛骨悚然的沼泽。娟子对修一的爱,信吾对菊子的爱,最终都会被吸入修一和菊子之间的夫妻沼泽,消失得无影无踪吧?

信吾想,战后的法律将家庭从以亲子为单位改成以夫妻为单位,着实很合适。"说到底就是夫妻的沼泽。"他喃喃自语,"让修一出去住好了。"

信吾一不小心就会把心里想的事情说出来，多半也是年纪大了的缘故。

"夫妇的沼泽"意味着只有夫妻两人，忍受彼此的恶劣性情，让沼泽越来越深。

妻子的自觉就是因为要直面丈夫的恶劣性情吧。

信吾眉毛有些痒，伸手挠了挠。

春天就要来了。

就算夜里醒来，也不再像冬天那么难受了。

在被修一的声音吵醒前，信吾已经因为做梦醒来了。那时他还清楚地记得梦的内容。可是被修一吵醒后，已经几乎彻底忘记了那个梦。

也许是因为心中的悸动让梦中的记忆消失了。

他只记得一个十四五岁的少女堕胎，以及"这样一来，某某子就成了永恒的圣少女"这句话。

信吾看过一篇故事，这句话就是那篇故事的结尾。

在阅读文字故事时，故事情节在梦中变成了戏剧或者电影。信吾没有在梦中登场，而是完全站在观众的立场上。

十四五岁堕胎的圣少女很奇怪，不过其中有一段漫长的故事。信吾在梦中看了一篇少年少女的纯真爱情故事。当他看完后醒来时，心中留下了一丝伤感。

少女不知道自己怀孕，也没想到要去堕胎，只是一心爱着不得不离开的少年。这是不自然的，是不纯洁的。

忘记的梦以后不会再做。而且阅读那篇故事的情感也只是梦。

在梦中，少女应该有姓名，也能看到长相，可是信吾如今只能隐约记得少女的身材，准确来说是小巧，她似乎穿着和服。

信吾似乎在那名少女身上看到了保子美丽的姐姐的身影，又仿佛并非如此。

他之所以会做这个梦，只是因为昨天晚报上的一篇报道。

标题是一行大字，"少女生下双胞胎，青森的堕落（初春）"。内容是"青森县公共卫生科调查显示，县内通过优生保护法中断妊娠的人中，十五岁的有五人，十四岁的有三人，十三岁的有一人，处于高中生年龄阶段，即十六到十八岁的有四百人，其中高中生占百分之二十。另外，初中生的怀孕人数，弘前市一人，青森市一人，南津轻郡四人，北津轻郡一人。另外，由于她们缺乏性知识，在经过专业医生的治疗后，依然造成了死亡率0.2%，重病2.5%的可怕后果。另外，秘密寻求专业医生之外的人救助后死亡的（年轻母亲的）生命更是令人心寒。"

报纸上还登载了四件实际分娩的例子，北津轻郡的一名十四岁初二学生在去年二月突然感到阵痛，生下一对双胞胎。母子平安，如今年轻的母亲在上初三。父母并不知道孩子怀孕的事。

青森市的一名十七岁高二学生和班上一名男生约定共度余生，在去年夏天怀孕。双方父母以两人还是学生为由让女孩人工流产。但是少年说："我们没有闹着玩，不久就会结婚。"

这篇报道让信吾大受冲击。所以说之后梦到了少女堕胎。

在信吾的梦里，少年少女不是丑陋的，也没有做坏事，而是纯洁的爱情故事，是"永远的圣少女"。这是他在睡前想都没想过的。

信吾受到的冲击在梦中被美化了，为什么会这样？

信吾在梦中拯救了堕胎的少女，或许也拯救了自己。

总之，梦中展示出善意。

信吾回首反思，是自己的善意在梦中苏醒了吗？

信吾沉浸在伤感中，觉得是上了年纪之后，对青春的眷恋让他梦见了少年少女纯洁的爱情。

或许是梦醒后留下的伤感情绪，让信吾在先入为主的善意中，从修一的呼唤声中感受到了爱意与悲伤。

第二天早晨，信吾在床上听到菊子摇醒了修一。

最近他都醒得很早，心中困扰，爱睡懒觉的保子告诫他不服老和早起会招人厌，而且他自己也觉得比儿媳妇菊子起得更早是不好的，于是悄悄打开大门取来报纸，在床上悠闲地看了起来。

修一似乎去了盥洗室。

他把牙刷放进嘴里刷牙，似乎有些恶心，干呕了两下。

菊子小跑着去了厨房。

信吾起床了。在走廊上遇到了从厨房回来的菊子。

"啊，爸。"

菊子在差点儿撞到他时停下脚步，脸腾的一下红了。右手的杯子洒出了些液体。应该是去厨房拿来的冷酒，要为修一解宿醉。

菊子没有化妆，有些苍白的脸上泛起红晕，没睡醒的眼中带着羞涩，没涂口红的嘴唇间露出整齐的牙齿，不好意思地笑着，信吾觉得她这副样子很可爱。

菊子还是这样稚气未脱吗？信吾想到了昨夜的梦。

可是再一想，报纸上的少女到了那样的年龄，就算结婚生孩子也没什么稀奇的。在结婚早的过去，这样的女孩要多少有多少。

在那些少年的年纪，信吾自己也已经对保子的姐姐生出了爱慕之情。

菊子知道信吾坐在餐厅，急忙打开了防雨窗。

充满春意的朝阳洒进房间。

菊子看到灿烂的阳光吃了一惊，又因为信吾在背后看自己，双手举到头顶把睡乱的头发扎了起来。

神社里的大银杏树还没有发芽，早晨的阳光似乎带来了一股新芽的味道。

菊子麻利地收拾好自己，给信吾端来了一杯玉露茶。

"爸，请用，茶上晚了。"

早上起床后，信吾要喝一杯热水沏的玉露茶。因为要用热水，所以沏茶的方法反而更难。菊子的火候是最合适的。

信吾想，要是没结婚的姑娘来沏就更好了。

"要给宿醉的人送解宿醉的酒，还要给我这个老家伙沏玉露茶，真够菊子忙的啊。"信吾说了句俏皮话。

"啊呀，爸。您知道了呀？"

"我醒着呢，一开始还以为是阿旭在叫。"

"是吗？"菊子低着头坐下，好像站不起住了似的。

"我醒得也比你早呢。"房子在纸拉门对面说。

"那呻吟声真讨厌，还挺吓人的，我觉得不是阿旭的叫声，就知道是修一了。"

房子穿着睡衣，给小女儿国子喂着奶，来到了餐厅。虽然她长相不好看，但胜在乳房白皙丰满。

"喂，你那副打扮像什么样子。"信吾说。

"因为相原邋里邋遢的，我也只能变得邋里邋遢的了。既然嫁给了邋里邋遢的男人，变成这副模样也没办法。"

房子把国子从右边的乳房抱到左边，执拗地说："要是你不想看到女儿变得邋遢，就该事先调查好女儿要嫁的人邋不邋遢。"

"男人和女人不一样。"

"一样的，你看看修一。"

房子准备向盥洗室走去。

菊子伸出双手，房子粗鲁地把婴儿递给她，结果婴儿哭了起来。

房子若无其事地走开了。

保子洗了把脸，过来接过婴儿。

"这孩子他爸也是，究竟打算怎么办吗？房子自从除夕那天回来已经过去两个多月了。你说房子不像样子，你在关键的事情上不也不像个样子吗？除夕那天晚上，你明明说过已经明确要断了关系，结果还不是拖拖拉拉到现在。相原也没过来说点儿什么。"保子看着怀里的婴儿说，"你用的那个叫谷崎的孩子，用修一的话说就是半个寡妇，房子也算是半个离婚后回娘家的人吧。"

"什么叫半个寡妇？"

"虽然没结婚，但是爱人死在了战争里。"

"可是打仗的时候，谷崎还是个孩子吧。"

"按虚岁算的话有十六七了吧，可以有难以忘怀的人了。"

信吾没想到保子会说出"难以忘怀的人"这种话。

修一没吃早饭就出门了，大概是因为身体不舒服，而且时间也晚了。

信吾一直在家磨蹭到上午邮差来送信。菊子放在信吾面前的信里，有一封是写给她的。

"菊子。"信吾把信递了过去。

菊子把信拿给信吾之前应该没看过收信人。她很少收到信，似乎也没有在等人给她写信。

菊子当场拆开信读了起来。

"是我朋友寄来的，她做了流产，情况不太好，住进了本乡的大学医院。"

"嗯？"信吾摘下老花镜看着菊子。

"找的是无照经营的产婆吧？太危险了。"

信吾想起了晚报上的报道，他还做了堕胎的梦。

他感到一阵诱惑，想把昨天晚上做过的梦告诉菊子。

可是他没能说出口，看着菊子时，感到自己身体里还有青春的朝气在蠢蠢欲动，脑海中突然闪过一个念头，菊子是不是也怀孕了，想要做流产，信吾被自己的想法吓了一跳。

## 四

电车穿过北镰仓的谷底时,菊子新奇地看着窗外说:"梅花开得真好。"

到了北镰仓,车窗附近就会有很多梅花,信吾每天都能看到。

已经过了梅花盛放的时期,而且梅花的白色在阳光下显得没有精神。

"咱家院子里的梅树不是也开着花吗?"信吾虽然嘴上这样说,不过家里只种了两三棵梅树,或许菊子今年第一次看见梅花。

就像难得收到信一样,菊子也难得外出。最多是去镰仓的大街上买些东西。

这次菊子要去大学医院看望朋友,信吾陪她一起去。

修一的情人就住在大学前,信吾不放心。

而且他想在路上打听出菊子有没有怀孕。

这话并不难问出口,可是信吾却没能开口。

妻子保子已经多少年没提起月经的事情了?更年期的变化结束后,保子再也没有提过。并不是从那以后变得健康,而是不再有了吧?

既然保子不再提起,信吾也忘在了脑后。

信吾在想问菊子的时候想到了保子。

要是让保子知道菊子去了医院的妇产科,估计会让她顺便找医生看看吧。

菊子一定会和修一说清楚自己的身体状况。信吾从过去的朋友们那里听说过，要是女人能对男人坦白自己的身体状况，就说明那个男人是女人的唯一。要是女人有了别的男人，说这些事情时就会犹豫，他记得自己听到这些话时颇为赞同。

就连亲生女儿都不会向父亲坦白。

直到现在，信吾和菊子之间都在避免谈到修一情人的事情。

要是菊子怀孕了，或许是菊子被修一的情人刺激到之后，变得成熟了。虽然心里不情愿，但信吾还是会觉得这就是人性，也暗暗觉得问菊子孩子的事情有些残忍。

菊子突然开口："您听妈说了吗？雨宫家的大爷昨天来过了。"

"没，我没听说。"

"他来打招呼，说是要搬到东京去了。拿来了两大袋饼干，让我们照顾好阿旭。"

"给狗的吗？"

"嗯。应该是给狗的，妈也说了，一袋可以给人吃。雨宫家的生意似乎做得不错，增盖了房子，大爷很高兴呢。"

"应该是吧。商人果断卖掉房子东山再起后，又能很快盖起新房子啊。我们则是十年如一日。每天就会坐着横须贺线，得过且过。之前我去饭店参加聚会，去的都是老人，大家几十年来都在做同样的事情，真没意思，活得太累了。差不多该有人来接了。"

菊子一时间没听明白"有人来接"是什么意思。

"等到了阎王面前，我们这样的零件总会落个无罪的结果，我们是人生的零件嘛。就算在活着的时候，人生的零件要是还得接受人生的惩罚，未免太残酷了吧。"

"可是。"

"是啊，不管在哪个时代，要问什么样的人才能让全部人生充满活力，都会是个疑问吧。比如饭店里看鞋的人，他们每天的工作就是把客人脱下的鞋整理好。有的老人也会随便说出零件用到这个份上反而轻松吧。问过女仆，她却说看鞋的大爷也很辛苦。要窝在洞穴一样的地方，四周都是鞋架，跨坐在火盆上给客人擦鞋。大门口的洞穴里冬冷夏热。咱们家的老太婆也喜欢聊起养老院啊。"

"妈？妈说这种话和年轻人总是说想去死是一样的吧？把事情看得太简单了。"

"因为她会肯定地说自己会比我活得长吧。可是，你说的年轻人是谁？"

"您要问是谁……"菊子结结巴巴地说，"我朋友的信上也写过。"

"今天早上那封信？"

"对。她还没有结婚呢。"

"嗯。"

因为信吾没有说话，所以菊子没办法说下去。

电车刚刚开出户冢①。这里距离保土谷②很远。

"菊子。"信吾叫了一声，"我从很久以前就在想，你们没想过要和我们分开住吗？"

---

① 户冢：神户川县横滨市西南部地区。
② 保土谷：横滨市中部地区。

菊子看着信吾的脸，等着他继续说下去，然后用近乎控诉的声音说："爸，这是为什么啊？因为姐姐回来了吗？"

"不，和房子没关系。房子算是半个离婚回娘家的人了，现在这样挺对不起你的。就算她和相原离婚了，估计也不会在家里住太久。这事和房子无关，是你们夫妻俩的问题。你不觉得分开住更好吗？"

"不。对我来说，您对我这么亲切，我想跟你们住在一起。要是和您分开了，不知道我会多寂寞啊。"

"你这话说得真是温柔。"

"啊呀，我是在跟爸撒娇呢。我是家里最小的孩子，撒娇惯了，估计是因为在娘家也会被爸爸宠着，所以喜欢和爸在一起。"

"我很清楚你娘家的爸爸宠着你。我也一样，有菊子在，心里不知道有多舒畅呢。要是分开住，我会寂寞的。可是修一都做出那种事情，我到今天都还没和你谈过。和我这种父母住在一起没什么用处。果然还是要你们两个单独住，才能想出好的解决办法吧？"

"不，我很清楚，就算您什么都不说，心里还是想着我、照顾我的。我就是靠着您的照顾坚持下来的。"

菊子的大眼睛里热泪盈眶。

"您让我们出去住，我会很害怕的。我实在没办法一个人安心地待在家里。我会寂寞，会孤单，会害怕。"

"你一个人等等试试吧。不过，这些事在电车里说不清楚，你好好想想吧。"

菊子的肩膀都在颤抖，似乎是真的害怕。

在东京站下车后，信吾打了辆车把菊子送到本乡。

不知道是因为在娘家被爸爸宠惯了,还是因为现在心乱如麻,菊子似乎没有觉得这有什么不自然。

虽说修一的情人不会走在这里,可是信吾觉得有这样的危险,停下车一直目送菊子走进大学医院。

# 春钟

## 一

花季的镰仓迎来了佛都七百年祭,寺庙的钟声终日不停。

可是信吾也有听不到的时候。菊子似乎不管是站着干活还是和别人说话的时候都能听到,可是信吾要是不仔细听就听不见。

"听,"菊子告诉他,"又在响了。听。"

"嗯?"信吾歪着头对保子说,"老太婆能听到吗?"

"能听到啊,你听不到吗?"保子没当回事,膝头放着近五天的报纸,正在悠闲地看着。

"响了,响了。"

只要听到一声,后面的就很容易听到了。

"你嘴上说着听到了,心里很高兴嘛。"保子摘下老花镜看着信吾。

"每天撞那么多次钟,寺里的和尚也够累的。"

"听说是让烧香拜佛的人撞的,一次十元钱,不是和尚撞的。"菊子说。

"真是想了个好办法。"

"说是敲钟相当于上供……计划要让十万人,甚至上百万人撞吧？"

"计划？"信吾觉得这个词有些古怪。

"可是寺庙里的钟阴沉沉的，挺讨厌的。"

"是吗？阴沉吗？"

信吾觉得四月的周日在餐厅一边赏樱，一边听着钟声还挺悠闲的。

"说是七百年祭，是什么七百年啊？大佛建好已经七百年了，日莲上人去世也有七百年了。"保子问。

信吾答不上来。

"菊子，你不知道吗？"

"不知道。"

"我们还是住在镰仓的人呢，却不知道，真是奇怪。"

"妈，您腿上的报纸里有写吗？"

"可能有吧。"保子把报纸递给菊子。报纸是叠好的，整整齐齐地摞在一起。保子只留下了一张。

"对了，我好像也在报纸上看过。不过又看到了老夫妻离家出走的消息，心里伤感，结果只记得那件事了。你也看到过吧？"

"嗯。"

"这里写着是日本游艇界的恩人，日本划艇协会副会长……"保子读着报纸上的文章，然后用自己的话说了下去，"还是公司的总经理，做小船和游艇的，今年六十九，妻子六十八。"

"这事有什么伤感的。"

"他给养子夫妇和孙子留了遗书啊。"保子接着读报，"我终将被世人忘记，只能苟活于世，一想到那幅悲惨的场景就无法忍受。我很理解高木子爵的心境，在被所有人爱着的时候消失，是最好的选择。应该在家人深厚爱意的包围下，在众多好友、同辈、后辈的友情的包围下离开——这是给养子夫妇的遗书，给孙子的遗书里写着——日本独立的日子就要到了，可我前途暗淡。年轻学生害怕战争的惨祸，渴望和平，必须贯彻甘地的不抵抗主义。而我年纪大了，已经没有力气引导你们走向我所相信的正确道路。若是一味等待（招人厌的年龄）到来，前半生岂非徒劳？只希望在孙辈心中留下好爷爷好奶奶的印象。我不知道将去向何方，只求安眠。"

保子读到这里，沉默了片刻。

信吾扭头看向院子里的樱花。

保子一边看报纸一边说："离开东京的家后，他们拜访了住在大阪的姐姐，然后就不知所终了……大阪的姐姐已经八十岁高龄了。"

"没有他妻子的遗书吗？"

"嗯？"保子愣了一下，抬起头来。

"没有他妻子的遗书吗？"

"妻子，是说老太婆的吗？"

"当然了。既然是两个人一起赴死，应该也有妻子的遗书才对。假如我和你要去殉情，你也会有些想说的话要写下来吧。"

"我不需要。"保子断然否认。

"男女都留遗书，那是年轻人的殉情，而且都是因为对两个人走在一起感到悲观……若是夫妻，大多是丈夫写了就好，死到临头，我这种人还有什么要说的呢？"

"是吗？"

"要是我自己去死的话就不一样了。"

"要是一个人死，要抱怨的话可是堆积如山呢。"

"都到这把年龄了，即使有也无济于事吧。"

"你没想过要死，也没觉得自己会死，说得倒是轻松。"信吾笑着说，"菊子呢？"

"我吗？"菊子慢吞吞地低声说，似乎在犹豫。

"假如你要和修一殉情，需要留下自己的遗书吗？"信吾一不留神说出了口，就觉得糟糕。

"我不知道。真要到了那个份儿上，会怎么样呢？"菊子把右手拇指插进腰带松了松，看着信吾说，"我应该会有些话想对爸说。"

菊子的目光天真无邪，噙满了泪水。

信吾觉得尽管保子没有想过死，可是菊子并非没有。

就在他以为菊子会蹲下哭泣时，菊子起身离开了。

保子目送菊子离开："真奇怪，有什么好哭的嘛。她是歇斯底里病犯了吧，那就是歇斯底里啊。"

信吾解开衬衫的扣子把手放进胸口。

"你的心跳得快吗？"保子说。

"不是，是乳头痒。乳头里面硬硬的，有些痒。"

"像十四五岁的女孩子似的。"

信吾用指尖摆弄着左边乳头。

明明是夫妻一起自杀，可只有丈夫留下了遗书，妻子并没有写，是妻子让丈夫代自己写了呢？还是说那份遗书算是两人一起写的呢？

信吾听保子念过报纸后,对这一点既有疑问,又有兴趣。

是因为长时间的共同生活让两人同心同德了吗?老妻甚至失去了个性和遗言吗?

妻子明明不需要死,却因为丈夫自杀而殉情,丈夫的遗书中包含了自己的部分,她不会遗憾、后悔或者迷茫吗?真是不可思议。

然而事实上,信吾的老妻也说要是殉情的话不需要自己的遗书,只要丈夫写了就够了。

一言不发地跟随男人赴死的女人——男女倒转的情况偶尔也会有,不过大多是女人作为追随者——自己身边就有一个这样的女人,如今已经年老体衰,这让信吾有些愕然。

菊子和修一那对夫妇不仅相处的时日尚浅,而且眼下又卷入了波涛中。

他竟然面对这样的菊子问出了如果和修一殉情,需不需要自己的遗书这种话,菊子听来恐怕会觉得残酷,感到伤心吧。

信吾也知道,菊子正站在危险的深渊边。

保子说:"菊子是在向你撒娇呢,才会因为那种事情流泪。因为你只知道疼她,却不会帮她解决关键的问题。在房子的事情上不也是这样吗?"

信吾看着院子里盛开的樱花。

高大的樱花树根部长着茂盛的八角金盘。

信吾不喜欢八角金盘,本想在樱花开放前把它们砍得干干净净,结果今年三月雪下得正大,樱花就已经开了。

三年前,信吾曾经砍过一次八角金盘,结果它们反而长得更茂盛了。当时他就想过要是连根拔掉就好了，现在看来确实如此。

听了保子的责怪，八角金盘深绿的叶片在信吾眼中更加讨人厌。要是没有那丛八角金盘，粗壮的樱花树干就会傲然挺立，枝干周围不会有任何阻挡，可以向四面八方伸展，直到枝头向下低垂。尽管有八角金盘，树枝依然伸展开来。而且繁花似锦，令人赞叹。

在西斜的阳光下，樱花大朵大朵地飘浮在空中。颜色淡雅，形状飘逸，仿佛充满了整个空间。如今花团锦簇，完全想不到樱花会凋谢。

可是树下已经铺满落花，一片两片源源不绝地飘落。

"看到年轻人被杀死的报道，我只会觉得啊呀，又来了，可是看到老年人去世的消息，还是觉得冲击力挺大啊。"保子说。

想要在自己被所有人爱着的时候消失，她似乎把那对老夫妇的报道反复看了两三遍。

"之前报纸上也有过一则报道，一名六十一岁的大爷从枥木出发，背着一个得了小儿麻痹症的十七岁男孩去东京参观，想把他送进圣路加医院，可是男孩一个劲儿地发牢骚说无论如何都不要去医院，结果老人用手绢把男孩勒死了。"

"是吗？我没看过。"信吾敷衍了一句，想起了自己看到青森县的少女们堕胎的报道，迟迟无法忘怀，甚至连做梦都梦到了。

那些少女和已经是老女人的妻子是多么不同啊。

## 二

"菊子！"房子喊了一声，"这台缝纫机总是割断线呢。是机子出问题了吗？你来帮我看看。这是胜家牌的缝纫机，应该是台好机子，是我用得不对吗？还是我得了癔症？"

"可能是机子坏了吧。那还是我上学时买的呢，很旧了。"菊子走进房间。"不过它听我的话呢，姐姐，我来吧。"

"是吗？因为里子在旁边黏着我，弄得我心烦意乱的。总觉得要缝到这孩子的手。明明不可能缝到手，可她的手就放在这，我看着针脚眼睛就直了，布料和孩子的手模模糊糊地混成一团了。"

"姐姐，你是累了吧？"

"就是犯癔症了吧。说到累，菊子才累呢。咱们家里不累的只有老头儿和老太太。老头都六十岁了，乳头还会痒，开什么玩笑。"

菊子去看望大学医院的朋友回来后，给房子的两个孩子买了衣服布料。

房子正在缝衣服，对菊子的态度都连带着变好了。

可是等到菊子换下房子坐在缝针机前，里子却不高兴地看着她。

"舅妈不是给你买了布料，还帮你缝衣服呢吗？"房子一反常态地向菊子道歉，"对不起啊，里子在这一点上和相原一模一样。"

菊子把手搭在里子的肩膀上说："和外公去看大佛吧。有童男童女呢，还能看别人跳舞。"

信吾在房子的邀请下也出了门。

走在长谷大街上，信吾看到了烟草店门口的山茶树盆栽。他买了一盒光明香烟,称赞盆栽好看。花盆里面开着五六朵白点重瓣山茶。

烟草店的老板说重瓣白点山茶不好,盆栽就要看野山茶,于是把他们带到了后院。四五坪①大小的菜地前的地面上摆了一排盆栽。盆栽里的野山茶是一棵枝干苍劲的古树。

"不能让树累着,所以我把花都掐掉了。"烟草店老板说。

"这棵树果然会开花吗?"信吾问。

"能开不少花,不过我只会恰到好处地留下几朵。店里的山茶能开二三十多花呢。"

烟草店的老板讲起了养护盆栽的方法,还聊了些镰仓喜欢盆栽的人的传言。信吾听了他的话,想到商店街里店铺的窗台上经常能看到盆栽。

"多谢,这是您的爱好嘛。"

信吾正打算离开,烟草店的老板对他说:"我这儿没什么好东西,要是您愿意,后院的野山茶倒是有几盆还不错……养上一盆盆栽,人就会生出责任感,不想让它们的形态变得难看,不想让它们枯萎,是懒人的良药啊。"

信吾边走边点了一根刚买的光明香烟,把烟盒递给房子说:"烟盒上画着大佛,是专门为了镰仓制造出来的。"

"给我看看。"里子挺直身子。

"去年秋天,你离家出走去了信州吧?"

"我才没有离家出走呢。"房子反驳说。

---

① 坪:日本的面积单位,1坪约合3.3平方米。

"当时,你在老家看到盆栽了吗?"

"没看见。"

"也是,已经是四十年前的事情了。老家的老头子喜欢盆栽,就是保子的父亲。可是保子不擅长打理盆栽,人又粗心,所以由她姐姐来照顾老头子喜欢的盆栽。那位姐姐是个大美人,根本想不到竟是保子的姐妹。早晨,盆栽架上积满白雪,她姐姐顶着娃娃头,穿着宽袖和服打扫盆栽上的积雪,我至今还记得那幅景象,记得一清二楚,那画面特别好看。因为信州天气冷,她呼出来的气都是白色的。"

她呼出的白色气息中仿佛弥漫着少女的温柔。

房子和他们不是一代人,信吾觉得她不牵扯在这件事里是好事,一时沉浸在了回忆中。

"可是如今的野山茶应该凝聚了三四十年的心血吧。"

树龄多半很长。在花盆里长到树干上长出瘤子,要花上多少年的时间啊。

保子的姐姐死后,供在佛堂里的红枫盆栽是不是有人打理?还没有枯萎吧?

三人走进寺庙中,童男童女正在大佛前的石板路上列队行进。看起来是从很远的地方走过来的,有的孩子表情疲惫。

房子站在人墙后抱起里子。里子目不转睛地看着身穿五颜六色的长袖和服的童男童女。

听说这里竖着一块与谢野晶子的歌碑，几个人走到寺庙后面看了看，似乎是将晶子自己的字放大刻在了石碑上。

"果然写成了'释迦牟尼……'啊。"信吾说。

可是房子并不知道这首脍炙人口的和歌，信吾有些扫兴。晶子在和歌里写着"在夏木林中伫立的镰仓御佛哟，你纵是释迦牟尼般的神圣存在，却又是如此的美男。"

"镰仓大佛并不是释迦，其实是阿弥陀。虽然和歌因为出错而改过，可释迦牟尼的说法已经流传开，事到如今再改成阿弥陀或者大佛的话平仄就不对了，而且佛字也重复了。可是刻在歌碑上还是错的啊。"

歌碑旁边拉起一道帷幔，里面为客人提供淡茶。房子从信吾手中接过茶券。

信吾看着露天下的茶色，刚想到里子或许也能喝，里子就用一只手抓住了茶杯边缘。尽管是事先沏好的普通茶杯，信吾还是伸手帮她托着说了一句："很苦的。"

"苦吗？"里子在喝茶之前就故意苦着一张脸。

一群跳舞的少女走进帷幔。一半坐在入口处的折凳上，剩下的女孩子凑到她们前面挤作一团，都化着浓妆，穿着长袖和服。

在这群少女身后是两三棵小樱花树，正值盛开的时节，花色不及女孩们的长袖和服鲜艳，看起来显得浅淡了，对面小山丘上的树丛倒是在阳光下绿意盎然。

"水，妈妈，喝水。"里子盯着跳舞的少女说。

"没有水，回家再喝吧。"房子劝慰说。

信吾突然也想喝水了。

三月的一天，信吾在横须贺电车上看到一个和里子差不多大的女孩在品川站就着水龙头喝水。她刚打开水龙头，清水涌了上来，女孩吓了一跳后笑了出来。那笑容很美。后来她母亲帮她调好了水龙头。女孩熟练喝水的样子让信吾觉得今年的春天来了。他在此时想起了那幅画面。

正在信吾思考里子和自己看着那群跳舞的少女时都想喝水，其中是不是有什么缘由时，里子开始撒娇："衣服，给我买衣服，我要衣服。"

房子站起身来。

跳舞的少女中有个比里子大一两岁的女孩。眉毛又短又粗，画得比较靠下。很可爱。她睁着一双铜铃一样圆溜溜的大眼睛，眼角画了一抹红。

里子被房子拉着走出帷幔，眼睛还盯着那个女孩子，想要走到她那边去，嘴里不停地念叨着："衣服，衣服。"

"衣服啊，等到里子过七五三节①的时候，外公会买给你的。"房子旁敲侧击地说，"这孩子生下来之后还没穿过和服呢。只有尿布是用旧浴衣改的，用的还是做和服剩下的布料。"

信吾在茶铺休息，要来了水，里子咕咚咕咚地喝了两杯。

---

① 七五三节：日本的儿童节，三岁、五岁的男孩和三岁、七岁的女孩都会穿上和服，跟着父母去神社祈福。

离开大佛寺走了一段后，穿和服跳舞的女孩子们在母亲的带领下从里子旁边穿过，似乎是急着回家，信吾觉得不好，赶紧搂住了里子的肩膀，可还是晚了。

"衣服。"里子想要抓住那个女孩的袖子，女孩喊了一声"讨厌"想要逃开，结果踩到长长的袖子向旁边倒去。

"啊。"信吾喊了一声，用手捂住脸。要被压到了。信吾只能听到自己的声音，周围似乎有很多人在同时叫喊。

车子吱呀一声停住了。三四个人从呆立不动的人群中冲了出来。

女孩霍地一下站起来，抱住母亲的衣摆放声大哭。

"太好了，太好了，刹车很灵啊，是高级车吧。"不知是谁说了一句，"你这孩子，要是辆破车的话，你就没命了啊。"

里子像是抽筋了一样翻起白眼，表情很可怕。

房子一个劲儿地向那位母亲道歉，询问孩子有没有受伤，和服有没有破。那位母亲一脸茫然。

穿着长袖和服的孩子不再哭了，脸上厚厚一层白粉脱落，变成了一张大花脸，眼睛倒是像洗过一样亮晶晶的。

信吾一言不发地回到家。

他听到婴儿的哭声，菊子一边唱着摇篮曲一边出来迎接。

"对不起，我把孩子弄哭了，是我的错。"菊子对房子说。

不知道是被妹妹的哭声感染，还是自己松了口气，里子也哇哇大哭起来。

房子没有管里子，从菊子手里接过婴儿，掀开胸前的衣襟。

"啊呀，乳房旁边湿透了，都是冷汗。"

信吾抬头扫了一眼良宽①的"天上大风"匾额。买这块匾额的时候,良宽的作品还算便宜,但这一块是赝品。信吾听人说过,心里清楚。

"我们还看到了晶子的歌碑。"信吾对菊子说,"是晶子的字,写成了'释迦牟尼……'。"

"是吗?"

晚饭后,信吾独自出门去和服店和二手服装店转了转。

可是并没有找到适合里子的和服。

一旦没有,他反而更加在意。

信吾心中升起一股阴暗的恐惧。

女孩子哪怕年龄还小,看到其他孩子穿着鲜艳的和服,也会那么想要吗?

信吾不知道里子的羡慕和欲望是比一般孩子强一些,还是强得不正常,他觉得那恐怕是精神病发作。

要是那个穿着跳舞服装的孩子被车轧死了,现在会变成什么样呢?那个美丽的孩子身上长袖和服的图案清清楚楚地浮现在信吾眼前。店里不会轻易摆出那么华丽的衣服。

可是没能买到衣服就回家,信吾觉得连脚下的路都变得昏暗了。

---

① 良宽:1758—1831年,日本曹洞宗僧人。

保子是不是只用旧浴衣给里子做尿布呢？房子的话里带着怨恨，会不会是在撒谎呢？她没有给里子买襁褓和满月参拜神社时要穿的和服吗？还是说房子自己想要洋装？

"忘记了。"信吾自言自语地说。

他确实忘记了保子有没有跟他提到过这件事，要是信吾和保子都能更关心房子一些的话，说不定丑陋的女儿也能生出可爱的外孙女。不知怎的，信吾心中升起一股无处可逃的自责，他的脚步变得沉重。

"若知生前事，若知生前事，何来令人悲伤的父母？若无父母，何来令人挂心的儿女……"

他心中浮现出一首谣曲中的一段词，可只是浮现在心头，却并没有黑衣僧人的觉悟。

"前佛已去，后佛未出，梦中降临，何为现实？碰巧化为人身，竟多灾多难……"

里子差一点儿抓住那个跳舞的女孩，这份凶恶和狂暴的性格是继承自房子，还是继承了相原的血统？若是来自母亲房子，那么究竟是父亲信吾的血统，还是母亲保子的血统呢？

如果信吾和保子的姐姐结婚，应该不会生出像房子这样的女儿，也不会生出像里子这样的外孙女吧？

因为一件意料之外的事，又勾起了信吾对故人的眷恋，想紧紧抱住她不放。

就算他如今已经六十三岁，那个死在二十多岁的人依然比他大。

信吾回到家时，房子已经抱着婴儿上床了。

餐厅和房间之间的纸拉门开着，一眼就能看见。

"睡着了。"见信吾看着那边,保子说道,"房子说她心跳得厉害,想静一静,吃了安眠药就睡下了。"

信吾点了点头,说:"要不要把纸拉门关上?"

"好。"菊子站了起来。

里子紧紧贴在房子背后,她似乎睁着眼睛,这孩子确实会这样一动不动地躺着。

信吾没说自己是出门给里子买和服的。

看起来房子也没有告诉母亲,因为里子想要和服,出了件危险的事。

信吾走进客厅,菊子端来炭火。

"来,坐。"

"好,我就来。"菊子起身将水壶放进盘子里端来。只端水壶的话或许用不着盘子,不过旁边还放着一朵花。

信吾拿起花问:"这是什么花?是桔梗吧。"

"据说是黑百合……"

"黑百合?"

"是。刚才一起学茶道的朋友给我的。"菊子说着,打开信吾身后的壁橱,拿出一个小花瓶。

"这是黑百合?"信吾觉得新奇。

"我那位朋友说,今年的利休忌[①]时,在博物馆的六窗庵举办的茶

---

[①] 利休忌:千利休的忌日。千利休是织田信长和丰臣秀吉的茶头,继承并创造了闻名于世的"草庵茶道"。

会上,远洲流①家主的座位上插着黑百合和白色荚蒾,可好看了,插在古铜的细口花瓶里……"

"嗯。"信吾看着手中的黑百合,一共有两枝,每一枝上开着两朵花。

"今年春天下了好几场雨啊,有十一场还是十三场呢。"

"下了不少次啊。"

"初春的利休忌上,还积着三四寸厚的雪呢。所以黑百合更显得新奇了,听说是高山植物。"

"颜色和黑山茶有些像啊。"

"是的。"菊子在花瓶里倒满水,"听说今年的利休忌上还展出了利休的辞世书和切腹用的短刀。"

"是吗?你那位朋友是茶道师傅吗?"

"对。她是战争寡妇……以前的好手艺派上用场了。"

"什么流派?"

"官休庵。武者小路千家。"

信吾不懂茶道,并不清楚。

菊子看起来是在等着把百合花插进花瓶,不过信吾并没有放手。

"花朝下开着,不会蔫了吧?"

"不会,我浇过水了。"

"桔梗花也是朝下开吗?"

"嗯?"

---

① 远洲流:日本茶道流派。

"我觉得这花比桔梗要小,你觉得呢?"

"我觉得是小。"

"刚开始看觉得是黑色,其实不是黑色,也不是深紫色,带着深胭脂的颜色吧。明天白天再仔细看看。"

"在阳光下是发红的紫色,颜色通透。"

开出的花朵不到一寸大小,大概有七八分。花瓣有六片,雌蕊前面分成三股,雄蕊有五六根。每片叶子间隔一寸左右,分成几段向四面八方伸展。百合的叶子形状小巧,有一寸到一寸五分长。

终于,信吾闻了闻花,漫不经心地说:"有一股女人的难闻的腥臭味啊。"

他并不是说这气味污浊不堪,可菊子还是低下头,眼皮染上了一层浅红。

"这气味真让人失望。"信吾换了个说法,"你闻闻看。"

"我可不像父亲,不打算研究。"菊子准备把花插进花瓶里,"要是在茶会上的话,四朵花就太多了,不过就这样插如何?"

"嗯,就这样插吧。"

菊子把黑百合放在地板上。

"壁橱里放花瓶的地方放着面具,你能帮我拿出来吗?"

"好。"

因为脑海中浮现出一节谣曲,所以信吾想起了能剧面具。

他拿着慈童面具说:"听说这是妖精,是永远的少年。我买来的时候说过吧?"

"没有。"

"我买这张面具的时候,让公司里一个名叫谷崎的女孩子戴上试了试。看起来很可爱,我真没想到。"

菊子把慈童面具挡在脸上说:"绳子要从后面系吗?"

菊子的眼睛一定正从面具的眼睛后面盯着信吾。

"你要是不动,就看不出表情变化啊。"

刚买回面具的那天,信吾险些与面具楚楚可怜的暗红色嘴唇接吻,感受到如同天上的禁忌爱情般的心动。

有一首谣曲的歌词是"哪怕默默无闻,只要心灵之花尚存……"

菊子带着妖艳的少年面具做出各种各样的动作,信吾简直无法直视。

由于菊子的脸小,面具几乎遮住了她的整张脸,泪水从若隐若现的下巴流到喉咙。泪水不断流淌,变成了两行、三行。

"菊子。"信吾叫了一声,"你今天和朋友见面的时候,想过如果和修一离婚,还可以去当茶道师傅吧?"

带着慈童面具的菊子点了点头。

"就算离了婚,我也想留在爸身边,为您端茶倒水。"菊子在面具后面斩钉截铁地说。

屋里突然响起里子的哭声。

阿旭在院子里狂吠。

信吾感到不祥,菊子则竖起耳朵听着门外的声音,觉得是周末还到情人家去的修一回来了。

# 鸟巢

## 一

无论冬夏，附近寺庙的钟声都会在六点敲响，无论冬夏，信吾都会在听到钟声的清晨早早起床。

虽说早起，但他不一定会下床。也就是说，他是早早地睁开了眼睛。

尽管同样是六点，冬天和夏天自然完全不同。寺院的钟声全年都在六点敲响，信吾也认为同样是六点，不过夏天时，太阳在醒来时已经升起。

尽管枕边放着大怀表，可是如果不开灯戴上老花镜，他也很难看清时间。如果没有眼镜，他连长短针都很难分清。

另外，信吾并没有必要在意起床时间，早早醒来反而会让他感到为难。

冬天的六点太早，信吾在床上躺不住，会起身去拿报纸。

自从女佣离开后，菊子就会早起干活。

"爸，又起这么早。"

听了菊子的话，信吾不好意思地说："嗯，我再睡个回笼觉吧。"

"去睡吧,水还没烧开呢。"

因为菊子起来了,信吾感受到一股温暖的人气儿。

从什么开始,如果冬天的早晨在天还没亮时醒来,信吾就会觉得寂寞呢?

可是到了春天,信吾早晨起床时天气也变得温暖了。

如今已经到了五月下旬,今天早晨,信吾在晨钟后又听到了老鹰的叫声。

"啊,果然在啊。"他嘟囔了一句,躺在床上竖起耳朵。

老鹰在屋顶上绕了一大圈,似乎向大海飞去了。

信吾起了床。他一边刷牙一边在天空中寻找,却没有看到老鹰。

可是,稚嫩甜美的声音确实从信吾家上空掠过,让天空变得柔和而清澈。

"菊子,咱们家的老鹰叫了吧。"信吾冲厨房喊道。

菊子把冒着热气的白米饭盛进饭桶里。

"我刚才发呆呢,没听到。"

"确实在我们家吧。"

"嗯。"

"它去年也经常叫,是几月来着?就是这个时候吧,我记性不好。"

见信吾起身张望,菊子解开了头上的丝带。

菊子似乎经常会用丝带绑着头发睡觉。

菊子敞开饭桶的盖子,急急忙忙地开始给信吾沏茶。

"如果那只老鹰在,咱们家的黄道眉应该也在吧?"

"嗯，乌鸦也在。"

"乌鸦？"信吾笑了。

如果老鹰是"咱们家的老鹰"，那乌鸦也该是"咱们家的乌鸦"了。

"我还以为这栋房子只有人住，其实还住着各种各样的鸟啊。"

"跳蚤和蚊子也快出来了。"

"别说这种讨厌的话。跳蚤和蚊子可不是咱们家的居民，它们不会在这栋房子里过年。"

"冬天也有跳蚤，说不定它们会过年呢。"

"可是咱们又不知道跳蚤能活多久，应该不是去年的跳蚤吧。"

菊子看着信吾笑了："那条蛇也快出来了吧？"

"是去年把你吓了一跳的青蛇吧？"

"对。"

"它就像是咱们家的主人啊。"

去年夏天，菊子买东西回来时在厨房的门口看见了那条青蛇，吓得浑身发抖。

阿旭听到菊子的叫声跑了过来，像发疯了一样狂吠。阿旭低下头做出一副要吃掉青蛇的姿态，退后四五尺，然后又靠近青蛇做出攻击的样子。就这样重复了好几次。

蛇头微微扬起，吐出红色的芯子，它看都没看阿旭一眼，扭着身子沿着厨房的门槛爬走了。

根据菊子的说法，青蛇有厨房门的两倍长，也就是六尺多，比菊子的手腕还粗。

菊子说话时拔高了嗓门，不过保子冷静地说："那是咱们家的主人。在菊子嫁过来之前好几年就在啦。"

"要是阿旭咬住它会怎么样呢？"

"阿旭会输的，会被缠住……阿旭都明白，所以只会冲它叫。"

菊子害怕了好久，都不敢走厨房门，而是从大门进出。

一想到那么大的一条蛇就藏在床底下或者天花板里，她就觉得害怕。

青蛇应该在后山里吧，家里很少能看到它。

后山不属于信吾，不知道是谁的产业。

后山陡峭的斜坡压向信吾家，对山里的动物来说，后山和信吾家的院子之间没有界线。

不少后山的花和叶子也会落在院子里。

"老鹰回来了。"信吾轻声说，然后提高声音喊道，"菊子，老鹰好像回来了啊。"

"真的，这回我听到了。"菊子抬头看了看天花板。老鹰的叫声持续了很久。"刚才飞到大海那边去了吧？"

"听声音是朝大海那边去的。"

"是去海边觅食后又回来了吧。"

听了菊子的话，信吾也觉得有道理："在它能看到的地方放几条鱼怎么样？"

"阿旭会吃掉的。"

"放在高处嘛。"

去年和前年同样如此，信吾醒来时听到那只老鹰的叫声，从中感受到爱意。

看上去不仅是信吾，全家人都会说"咱们家的老鹰"。

信吾甚至没办法准确得知家里的老鹰是一只还是两只。不知是哪一年，他似乎在屋顶上看到过两只老鹰比翼双飞。

而且，他每年听到的叫声真的是同一只老鹰发出的吗？是不是已经换过代了呢？会不会做父母的老鹰不知何时已经死去，现在发出叫声的是它的孩子呢？今天早晨，信吾第一次想到了这件事。

如果当真是信吾等人不知道旧的老鹰已经在去年死去，今年是新的老鹰在叫，总认为是同一只老鹰，在半梦半醒间听到它的叫声，倒是别有一番情趣。

镰仓多小山，仔细一想，那只老鹰选择住在信吾家的后山也是一件神奇的事。

人们常说"难遇得以今相遇，难闻得以今相闻"，或许老鹰也是如此。

可是哪怕与老鹰住在一起，老鹰也会让他们听到自己可爱的叫声。

因为菊子和信吾在家里都是早起的，所以两人会在早晨聊几句天，信吾和修一闲聊的时间应该就是在通勤的电车上了吧。

电车开过六乡的铁桥后，看到池上的森林就说明快到公司了。在早晨的电车上看池上的森林已经成为信吾的习惯。

这么多年看过来,他却在最近才发现森林里有两棵松树。

只有那两棵松树鹤立鸡群,上半身都在向对方倾斜,仿佛要拥抱在一起。树梢已经靠近到几乎能交织在一起的距离。

森林里只有两棵松树高耸入云,就算不想也应该能看到。信吾此前却从未注意到,一旦注意到了,那两棵松树就一定会率先映入眼帘。

今天早晨,两棵松树在狂风暴雨中隐约可见。

"修一,"信吾叫了一声,"菊子是哪里难受吗?"

"她什么事都没有。"

修一在看周刊杂志。

他在镰仓站买了两本,一本递给了父亲。信吾拿在手里没有看。

"她哪里难受?"信吾平静地重复了一遍。

"她说她头疼。"

"是吗?老太婆说她昨天去了东京,傍晚回来后就躺下了,样子和平时不太一样。老太婆也察觉到她在外面似乎发生了什么事,晚饭都没吃。你是九点左右回来的,进房间的时候她是不是还在压低声音哭泣?"

"估计两三天就能起床了,没什么大事。"

"是吗?头疼不会那样哭吧。今天早晨她不是也在哭吗?"

"嗯。"

"房子给她拿吃的,她好像很不想让房子进去,蒙着脸……房子嘟嘟囔囔地抱怨呢。你去问问是怎么回事吧。"

"听你的意思,就好像全家人都在打探菊子的情况啊。"修一抬起头看着信吾说,"菊子偶尔也会生病嘛。"

信吾心头火起。

"那你说说是什么病。"

"她流产了。"修一说了实话。

信吾浑身一凛,看向前座。坐在前面的两个人都是美国兵,他从一开始就觉得那两个人听不懂日语,才说起这些。

信吾用嘶哑的声音问:"去看过医生了?"

"没错。"

"昨天去的?"信吾有气无力地小声说。

修一也不再看杂志了,说:"是的。"

"当天就回来了吗?"

"嗯。"

"是你让她流产的吗?"

"她自己要这样,不听劝。"

"菊子自己说的?你撒谎。"

"是真的。"

"为什么?菊子怎么会冒出这种念头。"

修一没有说话。

"是你的错吧?"

"或许是吧,不过是她意气用事,说现在无论如何都不想要孩子。"

"要是你阻止,是能拦住她的吧?"

"现在不行吧。"

"你说的现在是什么意思。"

"爸你也知道，我不会在现在这种情况下要孩子的。"

"你是说在你有情人的情况下？"

"嗯，算是吧。"

"什么叫算是吧。"信吾气得喘不上气来。

"这是菊子在半自杀啊。你不觉得吗？比起对你的抗议，那更是半自杀的做法啊。"信吾气势汹汹，修一感到畏缩。

"你杀死了菊子的灵魂，已经无法挽回了。"

"菊子的灵魂可够倔强的。"

"她不是女人吗？不是你的妻子吗？只要你摆明态度，温柔地安慰她一句，她一定会高高兴兴地生下孩子，情人的问题另当别论。"

"可那不是能另当别论的事情啊。"

"菊子应该也很清楚，保子想要孙子。你们迟迟没有生孩子，菊子甚至会觉得抬不起头来吧？她明明想要孩子，你却不让她生，你是要杀死菊子的灵魂啊。"

"这可有些不对了。菊子似乎有自己的洁癖。"

"洁癖？"

"就像怀上孩子这种事都会让她觉得懊悔……"

"嗯？"

这是夫妻之间的事。

信吾怀疑修一或许真的让菊子感到如此屈辱和厌恶，不过他还是说："真令人难以置信。我想不到菊子是真心说出这样的话，做出这样的事情的。丈夫认为妻子的洁癖有问题,这不是证明爱情太肤浅吗?怎么会有人把女人闹别扭当真呢?"

"要是保子知道错过了一个孙子,还不知道会说些什么呢。"

"可是,这事会让妈知道菊子能怀上孩子,她也会放心吧。"

"你说什么?你能保证她以后还能生孩子吗?"

"要让我保证也行。"

"这就证明你不敬畏天,不爱人。"

"你的说法真难懂,这事不是很简单吗?"

"这事可不简单。你好好想想,菊子不是都哭得那么厉害了吗?"

"我也不是不想要孩子,只是觉得现在两个人的状态不好,这种时候很难养出好孩子。"

"我不知道你说的状态是什么意思,不过菊子的状态可不差。状态差的只有你。按照菊子的性格才不会有状态差的时候呢,都是因为你没能化解菊子的嫉妒,这才失去了孩子,说不定失去的不只是孩子。"

修一惊讶地看着信吾的脸。

信吾说:"你在情人家喝得烂醉回来,把沾满泥土的鞋搭在菊子膝盖上让她给你脱鞋……"

那天，信吾去银行给公司办事，和银行的朋友一起吃了顿午饭，一直聊到两点半左右。他从饭店给公司打了个电话就直接回家了。

菊子抱着国子坐在走廊上。

因为信吾早早回到家，菊子慌慌张张地想要起身。

"不用起来，你坐着。已经可以起床了吗？"信吾也来到走廊上。

"嗯。我正准备给宝宝换尿布呢。"

"房子呢？"

"带着里子到邮局去了。"

"她去邮局有事吗？把宝宝留在家里了？"

"你等我一下，我要先帮外公换衣服。"菊子对婴儿说。

"没事没事，你先帮孩子换尿布吧。"

菊子笑着抬头看信吾，一排细细的牙齿从唇缝间露出。

"外公说要先给国子换尿布。"

菊子穿着一件宽松鲜艳的丝绸衣服，系着窄腰带。

"爸，东京的雨也停了吗？"

"雨吗？我在东京站上车的时候还在下，下车后天就晴了。我没注意是什么时候晴的。"

"镰仓这边刚才还在下呢，姐姐是雨停了之后出去的。"

"山上还是湿的吧？"

菊子把婴儿放在走廊上，婴儿抬起赤裸的双腿，用两只手抓住脚指头，腿动得比手还灵活。

"对对对，宝宝看山。"菊子擦了擦婴儿的大腿。

美国的军用机从低空飞过。婴儿被飞机的声音吓了一跳，抬头向山那边看去。飞机不见踪影，飞过时巨大的影子投在了后山山坡上。婴儿应该也看到了飞机的影子。

婴儿惊讶的眼中散发的天真光芒，突然击中了信吾的心。

"这孩子没有经历过空袭，已经有不少没经历过战争的孩子出生了啊。"

信吾凝视着国子的眼睛，她眼中的光已经平静下来。

"要是把刚才国子的眼神拍下来就好了，里面还有飞过山头的飞机的影子。然后在下一张照片里……"

信吾本想说婴儿被飞机击中惨死，想到菊子昨天做了人工流产，终究没有说出口。

不过，现实中一定有无数个婴儿经历了和信吾想象中的两张照片一样的命运。

菊子抱起国子，一只手裹好尿布，向浴室走去。

信吾一边想，自己是担心菊子才早早回来的，一边回到餐厅。

"你回来得真够早的。"保子也走进餐厅。

"你去哪儿了？"

"去洗了个头发。雨停后，阳光一下子洒下来，头就有些痒。上了年纪，头好像动不动就会痒。"

"我的头不怎么会痒啊？"

"因为你脑子好吧。"保子笑着说，"我知道你回来了，可要是刚洗完就出来,你大概会训斥我那副样子看着不舒服吧。"

"老太婆洗完头后披头散发的。干脆剪短了扎个圆筒竹刷那样的发髻好了。"

"确实。不过那样的发型可不只是老太婆会梳,在江户时代,无论男女都会梳,把头发剪短后在后面扎起来,发尾像圆筒竹刷一样。歌舞伎就会梳。"

"后面不要扎,剪短披下来好了。"

"那样也可以。咱们俩的头发都挺多的。"

信吾压低声音说:"菊子醒着呢吗?"

"嗯,试着起来了一下……她脸色不太好啊。"

"还是不要让她看孩子了吧。"

"房子留下一句'你帮我照看一会儿'把孩子放在菊子床上就走了,当时孩子睡得挺香。"

"你把孩子抱过来不就行了吗?"

"国子哭的时候我在洗头嘛。"

保子起身拿来了信吾要换的衣服。

"你回来得这么早,我还以为你也有什么地方不舒服呢。"

菊子似乎从浴室回到了自己的房间,于是信吾叫了一声:"菊子,菊子。"

"在呢。"

"把国子送过来吧。"

"好,马上来。"

菊子系好腰带,牵着国子的手让她走了过来。

国子抓住了保子的肩膀。保子正在用刷子刷信吾的裤子，起身把婴儿抱上膝头。

菊子拿起信吾的西装离开了。

她把西装放进隔壁房间的西装衣橱之后，慢慢关上了门。看到门上的镜子里映出的自己的脸，菊子吓了一跳，不知道是该去餐厅还是回卧室。

"菊子，你还是去躺着好吧？"信吾说。

"好。"

听了信吾的话，菊子的肩膀微微颤动。菊子没有看他们，径自走进房间。

"你不觉得菊子的样子很奇怪吗？"保子皱起眉头。

信吾答不上来。

"也不知道究竟哪里不舒服。她起来走了几步，我就担心她会突然倒下。"

"是啊。"

"总之，修一那事必须想办法解决才行。"

信吾点了点头。

"你和菊子好好谈谈怎么样？我带国子去接她妈妈，顺便买些菜回来做晚饭。房子也真是的。"保子说着，抱着婴儿站起身来。

"房子去邮局有事吧？"信吾问。

保子转过身来说："我也是这么想的，是去给相原寄信了吧。两人都分开半年了……她回到咱们家已经快半年了，除夕那天回来的嘛。"

"要是寄信,旁边就有邮筒啊。"

"她是觉得从邮局寄出去更快更保险吧。说不定是突然想起相原,实在等不及了。"

信吾苦笑了一下,感受到了保子的乐观主义。

不管怎么样,这个女人把家庭维持到了晚年,乐观似乎在她身上扎下了根。

保子刚才好像在看近四五天的报纸,信吾捡起来漫不经心地看了看,结果看到一条新奇的报道,写着"两千年前的莲子开花"。

报道中写着,去年春天,千叶市检见川弥生式古代遗迹的独木舟里发现了三颗莲子,推测大约是两千年前的莲子。某位莲花博士让莲子发了芽,今年四月,他将三颗莲子分别种在了千叶农业试验场、千叶公园的池塘以及千叶市乡镇酿酒商的家里。那位酿酒商似乎是协助发掘遗迹的人。他在锅里盛满水种下莲子,放在了院子里。这位酿酒商的莲子是最先开花的。莲花博士听到消息赶来,抚摸着美丽的花朵念叨"开花了,开花了"。花从"酒壶形"开到"茶杯形""饭桶形",开到"盆子形"后就凋谢了。报纸上还写着花瓣有二十四片。

报道下面还登着一张照片,上面是戴着眼镜,头发花白的博士手持莲花花茎。信吾重新读了一遍,发现博士今年六十九岁。

信吾盯着莲花照片看了好一阵,拿着报纸走进了菊子的房间。

这是菊子和修一两个人的房间。书桌是菊子的嫁妆,上面放着修一的礼帽。帽子旁边放着信纸,菊子似乎正打算写信。书桌的抽屉前面铺了一张绣花布。

布料上散发出一股香水味。

"怎么样？还是别总起床的好吧？"信吾在书桌前坐下。

菊子睁开眼睛盯着信吾。她本来打算起身，结果听信吾说不要起来，似乎有些为难，脸颊染上一抹浅红。她额头苍白虚弱，眉毛看起来很美。

"你看到报纸上的新闻了吗？两千年前的莲子开花了。"

"嗯，看到了。"

"看到了啊。"信吾小声嘟囔了一句，"要是和我们明说，你也不用勉强自己了。当天就回来对身体不好。"

菊子吓了一跳。

"应该是上个月吧，我们聊到了孩子的事……你当时就已经知道了吧。"

菊子躺在枕头上摇了摇头。

"我当时不知道。要是知道了，我会不好意思提起孩子的事的。"

"是吗？修一说你有洁癖。"

见菊子眼含泪花，信吾没有继续说下去。

"不用再去看医生了吗？"

"明天要去一趟。"

第二天，信吾刚从公司回来，保了就迫不及待地告诉他："菊子回娘家去了。说是躺在床上呢……大概两点吧，佐川家打来电话，是房子接的。说菊子回家去了，身体有些不舒服已经躺下了。虽然有些任性，但还是希望让她在家里静养两三天再回来。"

"是吗？"

"我让房子说了,明天让修一去看看她。听说佐川家是亲家母打来的电话。菊子不是回娘家静养的吧?"

"不是。"

"究竟怎么回事?"

信吾脱掉上衣,一边抬头解领带一边说:"她打掉了孩子。"

"啊?"保子大吃一惊,"什么,瞒着我们……菊子吗?现在的人真可怕。"

"妈,你真糊涂。"房子抱着国子走进餐厅,"我可是很清楚呢。"

"你怎么知道的?"信吾情不自禁地质问她。

"这种事怎么能说,要善后的嘛。"

信吾无言以对。

都苑 |

# 一

"爸真是有意思。"吃完晚饭,房子一边粗鲁地摞起盘子和小碗一边说,"对自己的女儿比外面嫁进来的儿媳妇还客气。是吧,妈?"

"房子。"保子责备地说。

"我说的不对吗?菠菜既然煮过头了,就直说煮过头了不好吗?又不是煮得像鸟食一样烂,还能看出菠菜的形状啊。要是在温泉里煮就好了。"

"你说温泉是什么意思?"

"温泉里不是可以煮鸡蛋、蒸馒头吗?你吃过什么地方的含镭鸡蛋吧?蛋白很硬,蛋黄很软的鸡蛋……不是说京都一家叫丝瓜亭的饭店做得很好吃吗?"

"丝瓜亭?"

"就是葫芦亭。这种便宜东西,穷人也该吃过吧。说到菠菜的煮法,还是丝瓜亭的拿手。"

保子笑了起来。

"就算菊子不在,吃了在镭温泉算准温度和时间煮出的菠菜,爸也会像大力水手一样充满活力的。"房子没有笑,接着说,"我可不要,怪阴森的。"

接着,房子借膝盖的力气托起沉重的菜盆说:"没有帅哥儿子和美人儿媳妇在身边,连饭菜都变得难吃了吧?"

信吾抬起头,与保子四目相对。

"你真是能说会道。"

"是啊。之前不管是说话还是哭,都要顾及其他人嘛。"

"孩子哭起来是没辙啊。"信吾嘟囔了一句,微微张开嘴。

"我没说孩子,是我自己。"房子一边踉跄着向厨房走去一边说,"小孩子哭是理所当然的嘛。"

厨房传来了把餐具扔进水池的声音。

保子猛地抬了抬屁股。

她听到了房子的抽泣声。

里子翻起眼珠看了看保子,快步跑向厨房。

信吾觉得那眼神很讨厌。

保子也站起身来,抱起一边的国子放在信吾膝头。撂下一句"你看下这孩子"就向厨房走去。

信吾抱起国子,婴儿身子很软,他一把就将国子拉到了自己的肚子上,握住婴儿赤裸的脚。纤细的脚踝和肉乎乎的脚心都握在信吾的手心里。

"痒不痒啊?"

可是婴儿似乎感觉不到痒。

信吾想要回忆起房子还在吃奶时,自己为了给她换衣服让她光着身子躺下，伸手挠她的胳肢窝，房子皱起小鼻子挥舞双手的样子，那画面却并不清晰。

信吾不太会提起婴儿时期的房子长得很丑的事。因为当他想要说出口时，眼前就会浮现出保子姐姐美丽的面庞。

信吾期待女大十八变，结果期望终究落空，期待随着时间的流逝渐渐淡去。

外孙女里子的长相看起来比母亲房子端正，还是婴儿的国子依然有希望。

这样说来，自己竟然在孙辈身上还要寻找保子姐姐的模样吗？信吾对自己生出厌恶之情。

他一边厌恶自己，一边陷入幻想，觉得菊子流产掉的孩子，也就是他失去的孙子，或许正是保子姐姐的转世，是无缘来到这个世界上的美女，这让他越发对自己的想法感到震惊。

接着，他握住婴儿小脚的手松了劲儿，于是国子从信吾的膝头滑下，站起来向厨房走去。信吾见她脚步蹒跚，手臂向前伸着画圈，刚说了一句"危险"，婴儿就跌倒了。

国子向前扑倒后又横着躺倒在地，一时间没有哭出声来。

里子拽着房子的袖子，保子抱起国子，四个人回到餐厅。

"妈，爸真的是糊涂了。"房子一边擦饭桌一边说，"他从公司回来换衣服的时候，不管是汗衫还是和服，都自己穿成了左衽，还系着腰带，样子可奇怪了。怎么会有这种人？爸也是这辈子第一次吧？糊涂得不轻啊。"

"不，之前就有过一次。"信吾说。

"当时菊子跟我说要是在琉球,右衽和左衽都可以。"

"嗯?在琉球吗?真的是这样吗?"房子又变了脸色,"菊子是在想方设法让爸高兴,说得真好听。在琉球吗?"

信吾压住怒火说:"汗衫本来就是葡萄牙语。葡萄牙才不在乎左衽还是右衽呢。"

"这也是知识渊博的菊子说的?"

保子在一旁调停:"夏天的浴衣之类的,你爸经常穿反呢。"

"粗心穿反和稀里糊涂地穿成左衽可不是一回事。"

"你让国子自己穿和服试试,她才不知道该穿成左衽还是右衽呢。"

"爸要返老还童还早着呢。"房子寸步不让,"妈,你不觉得难为情吗?爸总不能因为儿媳妇回娘家一两天,就把和服穿成左衽吧。亲女儿回娘家都半年了。"

自从房子在下着大雨的除夕回家后的确已经过去了将近半年。女婿相原什么都没说,信吾也没有见过相原。

"半年了啊。"保子附和道,"不过房子的事和菊子的事没关系啊。"

"没关系吗?我觉得两件事都和爸有关。"

"因为你是爸的孩子,所以你想让你爸帮你解决吧?"

房子低着头没有回答。

"房子,这种时候你就把想说的话一股脑说出来吧,你自己也会觉得痛快。刚好菊子也不在。"

"是我不好,我没什么好为自己开脱的,可是自从没有菊子亲手做的饭之后，爸就只会一言不发地吃饭。"房子又哭了起来，"不是吗？爸总是什么都不说，好像很难吃似的。我也会觉得没意思啊。"

"房子，你应该有很多话想说。两三天前你去邮局，是给相原寄信吧？"

房子似乎吃了一惊，摇了摇头。

"你也没有别的人可以寄信了，我觉得就是给相原。"

保子一反常态，语气尖锐。

因为保子说了句"还送了钱吧"，于是信吾察觉到保子似乎瞒着自己给过房子零花钱。

"相原在哪里？"信吾转向房子问，等着她回答，"好像不在家吧。我每个月都会派公司里的人去看看情况。比起看情况，更是为了给相原的母亲送点儿生活费过去。因为要是房子还在他家，应该是由房子照顾她的嘛。"

"啊？"保子呆呆地说，"你派公司的人去了？"

"没事，我派去的人不会多说也不会多问，是个正派人。要是相原在家的话，我倒是想去和他谈谈房子的事，可是去见一位腿脚不便的老婆婆又没用。"

"相原在干什么呢？"

"应该是在干私售毒品之类的行当，估计他也就是个小喽啰。因为喝了不好的酒，自己先染上了毒瘾。"

保子惊恐地看着信吾。比起相原，她看起来更害怕能一直把这件事瞒着现在的丈夫。

信吾继续说："不过那位腿脚不便的老婆婆好像也不在家。有别的人住进去了。就是说房子已经没有家了。"

"那屋子里的东西怎么样了?"

"妈,衣柜和行李早都空了。"房子说。

"是吗?用一张包袱皮都带回来了,你倒是个老实人啊。真是的……"保子叹了口气。

信吾怀疑房子知道相原的行踪,给他寄去了信。

信吾看着暮色迟迟的院子想,没能阻止相原堕落的是房子吗?是信吾吗?还是相原自己?又或者不怪任何一个人?

十点左右,信吾来到公司,看到了谷崎英子留下的信。

上面写着她今天来是想见见信吾,谈谈少夫人的事,还会再来拜访。

英子在信中写的"少夫人"只能是菊子。

英子辞职后顶替她的岩村夏子来到信吾的办公室,信吾问她:"谷崎是几点来的?"

"嗯,当时我刚到公司,正在擦桌子,应该是八点多一点儿吧。"

"她等我了?"

"嗯,等了一会儿。"

夏子喜欢用沉闷的声音说"嗯",或许是夏子的乡下口音,信吾不喜欢这个口头禅。

"她去见修一了吗？"

"没有，我想她没见修一就回去了。"

"是吗？八点多……"信吾自言自语地说。

英子是在去裁缝店上班前过来的吧？应该会在午休时再来。

信吾又看了一遍英子写在那张大纸上的小字，然后望向窗外。

天空万里无云，是最典型的五月天。

来的路上，信吾也从横须贺线电车里眺望过天空。所有在欣赏天空的乘客都打开了窗户。

飞鸟贴着六乡川波光粼粼的河水飞过，同样闪烁着银色的光芒。红色公交车驶过北边的桥，似乎并非偶然。

"天上大风，天上大风……"信吾不自觉得反复念叨良宽赝品匾额上的词，看着池上森林叫了一声，身子几乎要探出左边的窗户。

"那棵松树，说不定不在池上的森林里，比森林更近。"

早上，两棵高耸入云的松树看上去就在池上森林前面。

也许因为现在是春天，而且下着雨，距离感并不清晰。

信吾继续看向窗外，努力想要确认。

而且他每天都是从电车里眺望松树，于是起了去松树所在地看一看的念头。

可是尽管说是每天，其实他最近才发现那两棵松树。这么多年来只是呆呆地望着池上本门寺的森林。

因为五月清晨空气清新，他今天才第一次发现那两棵高大的松树并不在池上森林里。

信吾第二次发现了那两棵上半身倾斜,枝头几乎要合在一起的松树。

昨天吃完晚饭,信吾说起去相原家探寻,帮助相原的老母亲的事情后,怒气冲冲的房子就老实了,一句话都不说。

信吾很可怜房子,觉得自己发现了房子心里的某些东西,可是那东西并不像池上森林的松树那般清晰。

说到池上的松树,两三天前,信吾在电车里一边看着松树一边追问修一,让他坦白了菊子流产的事。

松树已经不再是单纯的松树,而是和菊子的堕胎缠绕在一起。或许以后只要在上下班路上看到那两棵松树,信吾就会想起菊子。

今天早上自然也是如此。

修一坦白的那天早晨,两棵松树在狂风暴雨中模糊了身影,与池上森林融为一体。可是今天早晨,松树脱离了森林,与堕胎纠缠在一起,看起来颜色污浊。或许是因为天气好过了头。

"天气好的日子里,人的心情还是会不好。"信吾嘟囔着无聊的话题,不再去看被办公室的窗户分割开的天空,开始工作。

午后,英子打来电话,说要忙着赶制夏天的衣服,今天来不了了。

"你的工作那么忙吗?"

"是的。"英子沉默了一会儿。

"你是从店里打来的电话?"

"对,不过娟子不在。"她轻易说出了修一情人的名字,"我等娟子出去后才打的。"

"嗯？"

"那个，我明天早晨去拜访您。"

"早上吗？还是八点左右？"

"不，明天我会等着您。"

"这么急吗？"

"是的，是称不上急事的急事，是我自己觉得着急，心里特别兴奋，想快点儿跟您谈谈。"

"你在兴奋？因为修一吗？"

"见面再说吧。"

信吾想不到英子为什么"兴奋"，不过她能连续两天过来想找自己谈谈，这让信吾感到不安。

不安越来越强烈，下午三点，信吾给菊子的娘家打了电话。

是佐川家的女佣接的，在菊子接电话前，电话了响起一阵优美的音乐。

菊子回娘家后，信吾没有和修一谈起过她的事。修一似乎在逃避。

而且去佐川家看望菊子就太小题大做了，所以信吾压下了这个想法。

信吾想，按照菊子的性格，应该不会跟娘家父母说娟子的事和流产的事。可是他并不确定。

"……爸，"电话里优美的交响乐中，传来了菊子令人怀念的声音，"让您久等了。"

"啊，"信吾松了一口气，"你身体怎么样了？"

"嗯,已经好了。是我任性了,对不起。"

"不。"信吾说不下去了。

"爸,"菊子又开心地叫了一声,"我想见您,一会儿可以去见您吗?"

"一会儿吗?没关系吗?"

"嗯,早点儿见到,回家后才不会不好意思吧。"

"这样啊,我在公司等你。"

音乐没有停止。

"喂,"信吾说了一声,"音乐很好听。"

"啊呀,我忘记关了……是芭蕾舞曲《仙女们》,肖邦的组曲。我会把唱片带回去。"

"你现在就来吗?"

"对。可我不想去公司,还在犹豫。"

菊子说想在新宿御苑见面。

信吾不知所措,最后笑了出来。

菊子似乎觉得这是个好主意,还说:"看到绿色,爸也会心情舒畅的。"

"我只去过一次新宿御苑,那次是借偶然的机会去看了狗的展览会。"

"您把我当成小狗,来看看我就好。"菊子的笑声停下后,依然能听见《仙女们》的乐曲声。

## 三

信吾按照和菊子的约定,从新宿一丁目的大木门进入御苑。

门卫旁边立着一块牌子,上面写着租婴儿车一小时三十元,凉席一天二十元起。

门口有一对美国夫妇,丈夫抱着一个女孩,妻子牵着一条德国指示犬。

来到御苑的不只有那对美国夫妇,到处都是相携而行的年轻男女,不过只有那对美国人在缓缓散步。

信吾自然而然地跟在了美国人后面。

路左边种着像落叶松一样的植物,是喜马拉雅杉树。信吾上次来是为了参加动物保护协会之类的组织举办的慈善园游会,看见过一片茂盛的喜马拉雅杉树丛,不过现在已经找不到那片树丛在什么地方了。

路右边是侧柏和美丽松,树上挂着名牌。

信吾觉得应该是自己先到,于是不急不缓地走着,结果他进门后沿着大路前进,在池子岸边的银杏树背后,看到菊子已经坐在长椅上等了。

菊子转过身,半站起身子朝信吾鞠了一躬。

"来得真快,还有十五分钟才到约定的四点半啊。"信吾看了看手表。

"我接到爸的电话实在很高兴,立刻就出门了。您都不知道我有多开心。"菊子说得很快。

"等了很久吧？你穿得这么少，没关系吗？"

"嗯，这是我上学时穿的毛衣。"菊子突然不好意思了，"娘家没留下我的衣服，又不能借姐姐的和服穿。"

菊子家有八个兄弟姐妹，她年龄最小，姐姐们都嫁出去了，所以她说的姐姐指的应该是嫂子。

深灰色的毛衣是短袖，信吾今年第一次看到菊子露出手臂。

菊子换上一副一本正经的态度，为自己回娘家住的事情向信吾道歉。

信吾不知道该怎么回应，只是亲切地问了句："已经可以回镰仓了吗？"

"是的。"菊子坦率地点了点头说，"我想回去。"她动了动美丽的肩膀，眼睛盯着信吾。信吾没看见她是怎么晃动肩膀的，不过那股柔和的香味让他愣了一下。

"修一来看过你吗？"

"嗯。要不是爸打来电话……"

就不好回去了吗？

菊子话说了一半，离开银杏树的树荫。

乔木郁郁葱葱的绿色甚至显得沉重，仿佛压在了菊子背影上那截纤细的脖子上。

水池是日式风格，白人士兵一只脚踩在池中小岛的灯笼上，和妓女调笑。还有一对年轻男女坐在岸边的长椅上。

信吾跟上菊子，穿过树丛来到水池右边，惊讶地说："真宽敞啊。"

"爸也觉得心情舒畅吧？"菊子得意扬扬地说。

但是信吾在路边的枇杷树前停下脚步，不打算立刻走进那片宽阔的草坪。

"这棵枇杷树长得真好，因为没有东西遮挡，就连下面的枝条都能尽情伸展。"

树木自然生长的样子让信吾深受感动。

"形状很漂亮。对了，我之前来看狗展的时候，就看见过一排高大的喜马拉雅杉树，就连下面的枝条都尽情伸展，让人心旷神怡。那排喜马拉雅杉树在什么地方啊。"

"在靠近新宿的地方。"

"对了，我是从新宿那边进去的。"

"刚才您在电话里也说了，以前来这里看过狗展？"

"嗯。狗的数量不算多，是为了给动物保护协会筹集捐款举办的游园会。日本人少，外国人多，大概是占领军的家人和外交官吧。当时是夏天，印度姑娘身上裹着红色和浅蓝色的薄绢，可漂亮了。还有卖美国和印度货的商店，当时那些东西可稀罕了。"

那是两三年前的事情，可信吾却想不起来具体时间了。

说话间，两人从枇杷树前离开。

"咱们家院子里的樱花啊，也该除一除根上的八角金盘了。你回去之后可别忘了。"

"好。"

"那棵樱花树的枝条没有修剪过，我很喜欢。"

"细小的枝条很多，花也开得很茂盛……上个月花开得正好时，我和爸一起听过寺庙里为佛都七百年祭敲响的钟声呢。"

"你还记得那些事啊。"

"啊呀，我一辈子都不会忘，还听到了老鹰的叫声呢。"菊子陪在信吾身边，走进高大的榉树下那片宽阔的草坪。

开阔的绿色让信吾神清气爽。

"啊，真是欣欣向荣。不像是在日本，想不到在东京还有这样的地方。"信吾眺望着绿色一直延伸到遥远的新宿方向。

"听说在视觉线上下了一番功夫，显得纵深更深了。"

"什么是视觉线？"

"就是游客眺望的视线。草坪边缘和中间的道路都用了平缓的曲线。"

菊子说是从学校来的时候听过老师的说明。听说乔木是散开种的，这片大草坪是英国风景园林的样式。

宽阔草坪上的人们几乎都是一对对的年轻男女，两人或躺或坐，或者缓步而行。也能看见几群五六个人一起来的女学生或者小孩，不过幽会乐园般的气氛还是让信吾吃了一惊，觉得自己与之格格不入。

就像皇室御苑开放了一样，眼前的风景仿佛是年轻男女也得到了解放。

信吾和菊子一起踏上草坪，穿梭在一对对情侣中，没有一个人对他们感兴趣。信吾尽可能避开别人。

可是菊子是怎么想的呢？虽然只是公公和年轻的儿媳妇来公园散步而已，可信吾却不太适应。

在电话里听到菊子说在新宿御苑见面的时候，信吾并没有在意，来了之后才觉得不对劲儿。

草坪里耸立着一棵格外高大的树木，信吾被那棵树吸引着向前走去。

在他仰望大树逐渐靠近时，高耸的绿意的品格和重量感扑面而来，大自然洗净了他和菊子之间的忧郁气氛。信吾觉得菊子口中"爸也会心情舒畅的"那句话说得挺好。

矗立在草坪中的是百合树。信吾靠近了才发现，是三棵树缠绕在一起。立在树旁的说明上写着由于这种树的花像百合，又像郁金香，因此又叫郁金香树。原产于北美，生长速度快，这棵树的树龄将近五十年。信吾惊讶地抬头张望："哦，才五十年吗？比我还年轻啊。"

百合树叶片宽阔，枝条舒展，仿佛要环抱住两人将他们藏起来似的。

信吾坐在长椅上，可心情并不平静。

他很快站起身来，菊子意外地看着他。

信吾说："往那边的花丛走走吧。"

草坪对面有一丛白花，似乎是一座花坛，和百合树低垂的枝干高度相近，从远处看色彩鲜艳。信吾一边穿过草坪一边说："日俄战争时，凯旋的将军的欢迎会就是在御苑里举办的。那时我不到二十岁，还住在乡下。"

花坛两边种着茂盛的行道树，信吾坐在行道树间的长椅上。

菊子站在他面前说："我明天早上就回去，您跟妈说一声，让她不要责骂我……"说着坐在了信吾身边。

"回来之前,要是你有什么话想对我说……"

"对爸说吗?我有好多话想对爸说呢。"

## 四

第二天早晨,虽然信吾一心盼望菊子回来,可是却在菊子回家前出门了。

他对保子说:"她说让你别责骂她。"

保子也带着爽朗的表情说:"怎么会责骂她,是咱们该道歉才是吧?"

信吾只说自己给菊子打了个电话。

"你这个当爸的对菊子的影响挺大嘛。"保子把信吾送到大门口,"不过,这样挺好。"

信吾到公司没多久,英子就来了。他亲切地迎上前说:"呀,你变漂亮了,还带着花。"

"要是去了店里就出不来了,我就在街上转了转。花店很漂亮。"

英子表情严肃地走到信吾的桌子旁边。用指头在桌子上写道:"让旁人走开。"

"嗯?"信吾愣了一下,还是对夏子说,"你回避一下。"

夏子离开后,英子找来花瓶插上三朵玫瑰。她穿着洋装裁缝店女店员风格的连衣裙,好像稍微胖了些。

"昨天失礼了。"英子的开场白很奇怪,"连着两天前来拜访,我……"

"来,坐。"

"谢谢。"英子坐在椅子上低下头。

"今天害你迟到了吧。"

"嗯,没这回事。"英子抬起头看着信吾屏住呼吸,仿佛就要哭出来,"我可以说吗?我可能是因为义愤填膺而心情激动吧。"

"嗯?"

"少夫人她,"英子吞吞吐吐地说,"做了流产手术吧?"

信吾没有回答。

英子是怎么知道的?不可能是修一说的。可是,英子和修一的情妇在同一家店工作,信吾心中升起一股令人厌恶的不安。

"即使流产不算什么……"英子又犹豫了。

"是谁告诉你的?"

"医院的费用是修一从娟子那里拿的。"

信吾心中一紧。

"我觉得这太过分了。这种做法实在是太侮辱女人了,厚颜无耻!少夫人太可怜了,就连我都忍不了。修一应该给过娟子钱,那笔钱说不定就是他自己的,可我还是不舒服。我们身份不同,那点儿钱修一再怎么说也该能拿得出来吧。身份不同就可以这样做吗?"英子努力抑制单薄的肩膀的颤抖,"给他钱的娟子也是,我不理解啊。既觉得生气,又觉得厌恶,觉得无论如何都要来告诉您,哪怕没办法和娟子在同一家店里工作了也没关系。虽然我说了多余的话,这样不对。"

"不，谢谢你。"

"我在这工作的时候您对我很好，而且虽然只见过少夫人一面，但是我很喜欢她。"英子含泪的双眼闪闪发亮，"请让他们分手。"

"嗯。"

英子说的分手自然是指修一和娟子，可是听起来又像是让修一和菊子分手。

这句话狠狠击倒了信吾。

他既惊讶于修一的麻木和颓废，又感到自己也深陷同一片泥沼，同样在畏惧阴暗的恐惧。

英子说完了想说的话，就打算回去了。

"留下吧。"信吾有气无力地挽留。

"我下次再来拜访。今天真不好意思，还掉了眼泪。"

信吾感受到英子的良心和善意。

尽管英子在娟子的帮助下和她在同一家店工作，让信吾觉得她厚脸皮，不过修一和自己是多么厚颜无耻啊。

信吾呆呆地望着英子留下的深红玫瑰。

信吾听修一说菊子有洁癖，所以不会在修一有情人的"状况"下生孩子，可是菊子的洁癖不是彻底被践踏了吗？

菊子并不知情，现在正打算回到镰仓的家中，信吾情不自禁地闭上了眼睛。

# 伤后

**一**

周日早晨,信吾用锯子细心砍掉了樱花树根部的八角金盘。

信吾心想如果不挖掉根,就没办法彻底根除。他小声嘟囔着:"只要一发芽就砍掉就好了。"

他之前也砍过,结果反而让植株长得更多,可是信吾现在依然不想费工夫斩草除根,或许是因为没有力气挖掉根了。

虽然八角金盘的茎秆很脆,可是数量太多,信吾额头渗出一层汗水。

"我来帮忙吧。"不知什么时候,修一来到他身边。

"不,不用。"信吾冷淡地说。

修一呆呆地站了一会后说:"是菊子叫我过来的,她说爸在砍八角金盘,让我来帮忙。"

"是吗?不过只剩一点儿了。"

信吾坐在砍倒的八角金盘上朝家里看去,菊子正靠在走廊旁边的玻璃门上,系着鲜艳的红色腰带。

修一拿起信吾膝头的锯子说:"全都要砍掉吧。"

"嗯。"

信吾看着修一充满活力的动作。剩下的四五根八角金盘很快倒下了，修一转身问信吾："这个也要砍掉吗？"

"啊，稍微等我一下。"信吾站起身来。

那里长着两三棵樱花幼苗。似乎是从老树上长出来的，不是独立的树，或许是枝条。粗壮的树干下方也伸出纤细的枝条，就像扦插的枝条，上面长着叶子。

信吾离远些看了看说："是土里长出来的，还是砍掉更好看吧。"

"是吗？"

可是修一并没有立刻砍掉樱花幼苗，看上去他认为信吾的想法太愚蠢。

菊子也来到院子里。

修一用锯子指着樱花幼苗，轻笑着说："爸正在考虑要不要砍掉那些。"

"还是砍掉好吧。"菊子果断地回答。

信吾对菊子说："不知道那是不是枝条。"

"土里是不会长出枝条的。"

"从根上长出来的枝条叫什么呢？"信吾也笑了。

修一没有说话，砍掉了樱花幼苗。

信吾说："总之，我想把这棵樱花树的枝条都留下，让它自然而然地自由伸展。八角金盘碍事，所以把它们都砍掉了。"

"对了，树干最下方的小枝条留下吧。"菊子看着信吾说，"那些枝条就像筷子或者牙签一样小巧，开花的时候很可爱。"

"是吗？会开花啊，我没注意过。"

"开过。小小的枝条上开着一丛，有两三朵……那些像牙签一样细的枝条上只有一朵花。"

"是吗？"

"这么小的枝条会长大吧？等这么可爱的枝条长成新宿御苑里的枇杷或者山桃树下面的枝条那么大的时候，我就成老太婆咯。"

"不会，樱花树长得快。"信吾说着看向菊子。

和菊子一起去新宿御苑的事，信吾既没有告诉妻子，也没有告诉修一。

可是，或许菊子刚回到镰仓的家里就对丈夫坦白了吧。看起来算不上坦白，只是漫不经心地提起。

既然修一不好说出"你和菊子在新宿御苑见过了吧"，也许就应该由信吾说出口。可是两人都没有提起。两人之间横亘着某种隔阂，或许修一听菊子说过了，却装作不知道。

不过菊子并没有露出纠结的表情。

信吾眺望着樱花树干上的小枝条。在脑海中想象这些从意想不到的地方长出的柔弱枝条长到如同新宿御苑中的大树下方的枝条般茂盛时，会是一幅什么样的景象。

长长的枝条垂在地面延伸出去，开满鲜花的样子一定很华丽。信吾从未见过这样的樱花枝条。也不记得曾经见过高大樱花树的枝条从根部向外伸展。

"砍下来的八角金盘要放在什么地方啊？"修一说。

"找个角落堆起来就行了。"

修一拢起八角金盘夹在胳膊底下，菊子也抱着三四根枝条跟在他身后，修一体贴地对她说："不用了，菊子……你还要保重身体。"

菊子点点头，放下八角金盘站在原地。

信吾走进房间。

"菊子也到院子里去了？在做什么啊？"保子摘下老花镜说。她正在把旧蚊帐改小，打算给婴儿睡午觉时用。

"很少见到他们两个人周末在院子里了。菊子从娘家回来后，他们的感情看着还不错，真奇怪。"

"菊子也很伤心吧？"信吾嘟囔着。

"也不能光说这种话。"保子提高了声音，"菊子虽然喜欢笑，可是已经很久没见她笑得这么开心了吧？看着有些疲惫的菊子笑得那么开心，我也……"

"嗯。"

"最近修一从公司也回来得挺早，周日会在家，是因祸得福吧。"

信吾一言不发地坐着。

修一和菊子一起走进房间，一边捏着小树枝给信吾看，一边说："爸，里子把你那么宝贝的樱花嫩芽揪下来啦。她也在拔八角金盘，觉得很好玩，结果把樱花嫩芽揪下来了。"

"是吗？小孩是挺容易把这枝条揪下来。"信吾说。

菊子站在后面，一半身子躲在修一背后。

# 二

菊子从娘家回来时给信吾带了礼物，是日本产的电动剃须刀。她也给保子带了腰带，给房子带了里子和国子穿的童装。

"也给修一带了什么东西吗？"信吾后来问过保子。

"带了折叠伞。还买了美国的梳子，袋子上有一面做成了镜子……有种说法是梳子会切断缘分，不能送人，菊子大概不知道吧。"

"美国不讲究这种事情吧。"

"菊子还给自己买了一样的梳子。颜色不一样，更小一些。房子看了之后说好，她就送给房子了。难得买了和修一一样的东西，菊子从娘家回来后很珍惜那梳子吧？房子怎么能横刀夺爱呢？虽说只是一把梳子，可也太厚脸皮了。"保子似乎为自己的女儿感到害臊，"给里子和国子的衣服都用的是上等丝绸，穿出去很漂亮的。就算菊子没有给房子买礼物，两个孩子有了，就相当于房子有了。梳子被拿走了之后，菊子会觉得什么都没给房子买，心里过意不去吧？毕竟菊子是因为那种事情回娘家的，我们不该收她的礼物。"

"是啊。"信吾也有同感，又有保子无法理解的忧郁。

菊子为了买礼物，估计给娘家父母添麻烦了。就连菊子人工流产的费用都是修一从娟子那里要来的，可想而知两人不会有钱买礼物。菊子也许觉得是修一出了医药费，才缠着娘家的父母拿出钱来买礼物的吧。

信吾感到后悔，他已经很长时间没有给过菊子零花钱了。他并非没有注意到，而是因为菊子和修一的夫妻关系不好，却和自己这个公公关系亲密，这反而让他不好暗地里给钱。可是他并没有站在菊子的立场考虑，这一点也许和要走菊子梳子的房子没什么两样。

菊子当然是因为修一花天酒地，手头才会拮据，自然不会问公公要零花钱。可要是信吾能体贴她，也不至于让她落到要用丈夫情人的钱去堕胎的屈辱地步。

"她要是不带礼物，我倒不至于这么难受。"保子陷入思考，"加在一起花了不少钱吧，有多少呢？"

"不知道。"信吾简单心算了一下，"电动剃须刀我没见过，价钱不好估算啊。"

"是啊，"保子也点了点头，"如果这是抽奖，你绝对是一等奖。既然是菊子买的礼物，这种事情也能想到。总之就是发出声音然后启动吧。"

"刀刃没有动。"

"在动的，没动就刮不了胡子了。"

"不，不管怎么看，刀刃都没动啊。"

"是吗？"保子笑眯眯地说，"你就像个拿到玩具的孩子一样，光看你开心的样子，就绝对是中了一等奖啊。你每天早上都打开剃须刀刺刺地刮胡子，吃饭的时候也一个劲儿地摸下巴，一副开心的样子，菊子都有些不好意思了。不过她应该挺开心的。"

"也借给你用用。"信吾笑着说，保子摇了摇头。

菊子从娘家回来的那天，信吾和修一一起从公司回家，那天傍晚在餐厅，菊子送的电动剃须刀相当受欢迎。

可以说在擅自回娘家的菊子，以及让菊子堕胎的修一一家之间，电动剃须刀代替了见面时本该尴尬的问候。

房子也赶紧让里子和国子试穿了菊子带回来的童装，表情愉快地称赞领口和袖口的刺绣别致漂亮，信吾则一边看使用说明一边当场试用剃须刀。

信吾一只手握着剃须刀在下巴上移动，另一只手拿着使用说明，看着菊子的脸说："上面写着还可以用来剃女人后颈上的碎发。"

菊子鬓角和额头间的发际确实很美。信吾似乎没有注意过。那里的发际线也画出了一条楚楚可怜的线条。

细腻的皮肤和整齐的头发界限分明。

菊子脸色有些苍白，反而让两颊看起来染上了些红晕，眼中带着喜悦的光芒。

"孩子他爸得到了个好玩具啊。"保子说。

"这可不是玩具，是文明的利器，是精密器械。上面有机器编号，还盖着负责人的章子呢，有机器检查、调整和完成。"

信吾心情愉快，一会儿顺着胡子剃，一会儿逆着胡子剃。

"这东西不会伤到皮肤，剃刀也不会卷刃，抹肥皂也不用水。"信吾想把剃须刀递给保子。

保子害怕似的缩了缩身子说："我可没有胡子。"

信吾看着电动剃须刀的刀刃，又戴上老花镜仔细观察："刀刃不动，究竟是怎么剃的啊？虽然马达在转，可是刀刃没动。"

"我看看。"修一伸出手，可是信吾马上递给了保子。

"真的啊。刀刃都没动。大概和吸尘器是一个道理吧。那东西不是会吸进垃圾吗？"

"剃下来的胡子不知道去了哪里。"听到信吾也这样说，菊子低头笑了。

"作为电动剃须刀的回礼，给菊子买一个吸尘器怎么样？洗衣机也行，说不定能帮上菊子大忙呢。"

"是啊。"信吾回答老妻。

"像这种文明的利器，咱们家连一个都没有。就连电冰箱也是，每年都是嘴上说着要买，今年也该放进预算里了。面包机也是，面包烤好后就能一下子弹起来，开关自动就切断了，很方便的。"

"老太婆开始讲她的电动化家庭理论了。"

"因为孩子他爸只会在嘴上说疼爱菊子，什么实事都不做嘛。"

信吾拔掉电动剃须刀的插头。装剃须刀的盒子里放了两支刷子。一支像小牙刷，另一支像刷瓶子的小刷子，信吾都试着用了用。他用像瓶刷一样的刷子清理了刀片里面的洞，不经意间低头一看，只见几根很短的白毛纷纷掉在了膝盖上。他只看到了白毛。

信吾轻轻掸了掸膝盖。

信吾赶紧买来了吸尘器。

吃早饭前，菊子用吸尘器的声音和信吾的电动剃须刀马达声交相呼应，让信吾觉得有些滑稽。

不过，这或许是让家里焕然一新的声音。

里子也觉得吸尘器新奇，跟在菊子后面走来走去。

大概是因为电动剃须刀，信吾做了一个刮胡子的梦。

梦里，信吾并非登场人物，而是观众。不过因为是梦，所以登场人物和观众的区别并不明显。而且是发生在信吾从没去过的美国。后来信吾想到，大概是因为菊子买来的梳子是美国产的，所以他才梦到了美国。

在信吾的梦里，美国有的州英国人多，有的州西班牙人多，而且在不同的州，人们的胡子也各具特色。醒来后，他记不清胡子的颜色和形状究竟如何不同，不过在梦里，信吾能清楚地看到美国各州，也就是不同人种的胡子的区别。醒来后他也不记得州的名字了，只记得在某个州，出现了一个集各州、各人种的胡子特色为一身的男人。那个男人的胡子并不是混合了各个人种的胡子特色，而是一部分是法国型，一部分是印度型，每个部分都界限分明，共同组成了他一个人的胡子。也就是说，美国各州、各人种不同特点的胡子像穗子一样垂在这个人的下巴上。

美国政府指定这个男人的胡子为天然纪念物。因此，这个男人不能随便修剪或者保养自己的胡子。

梦的内容只有这些。信吾看着男人颜色各异的茂密胡子，感觉有点儿像自己的胡子。那个男人的得意和为难也在一定程度上变成了他自己的感受。

梦里几乎没有故事情节，他只是看到了那个大胡子男人。

那个男人的胡子当然很长。或许是因为信吾每天早上都会用电动剃须刀把胡子剃干净，反而梦到了自由生长的胡子，不过胡子被指定为天然纪念物依然是件滑稽的事。

这是个天真的梦，所以信吾期待着起床后能和家人分享，结果他听着雨声，不一会儿就又睡着了，还是被一个邪恶的梦惊醒了。

梦中，信吾抚摸着一对下垂的乳房。乳房的形状有些尖，始终保持柔软。乳房之所以没有膨胀，是因为女人不打算回应信吾的手。什么嘛，真无聊。

明明碰触了乳房，信吾却不知道女人是谁。不仅不知道，甚至没有想过对方是谁。女人既没有脸也没有身体，仿佛只有两个乳房飘浮在空中。信吾这才开始思考她是谁，结果女人变成了修一朋友的妹妹。可是信吾并没有觉得良心上过不去。他对那姑娘的印象很淡，她的样子也很模糊。虽然那对乳房属于没有生过孩子的女人，可信吾并不觉得她是处女。信吾在指头上看到纯洁的痕迹，吃了一惊。虽然觉得为难，但并没有产生歉意，嘟囔了一句"就当你过去是个运动员吧"。

信吾对自己的话感到震惊，于是梦碎了。

信吾想起他曾经在报纸上看过，"什么嘛，真无聊"是森鸥外死前的遗言。

可是从令人厌恶的梦中醒来，信吾首先想到的是森鸥外死前的话，将森鸥外的遗言和自己梦中的话联系起来，这或许是他在为自己开脱。

梦里的信吾既没有爱也没有喜悦，甚至没有春梦带来的污秽想法。完全就是"什么嘛，真无聊"的感觉，而且他醒来时并不舒服。

也许信吾在梦里并没有侵犯那姑娘，而是将要侵犯。若是在激动或恐惧的颤抖中侵犯了对方，醒来后应该依然延续着罪恶的生命感受。

信吾回忆起近年来自己做过的春梦，对方大多是所谓行为不端的女人，今天晚上的姑娘同样如此。难道他连做梦时都在担心因为奸淫而受到道德苛责吗？

信吾试着回忆修一朋友的妹妹，记得她胸部丰满。菊子嫁过来之前，有人为她和修一说过媒，两人也曾经交往过。信吾突然感到晴天霹雳。

梦中的姑娘难道不是菊子的化身吗？在梦里，难道不是因为道德感作祟，他才用修一朋友的妹妹代替了菊子吗？而且为了掩盖不伦，躲避苛责，他还将作为替身的妹妹塑造成了远不如她本人的、没有情趣的女人，不是吗？

如果放任信吾释放自己的欲望，随心所欲地重塑他的人生，信吾不是会爱上身为处女的菊了，也就是和修　结婚之前的菊子吗？

他深藏心底的想法被压抑、被扭曲，在梦里以丑陋的形式出现。就连在梦里，信吾也要瞒着自己、欺骗自己吗？

他假借在菊子之前和修一交往的姑娘，而且模糊那姑娘的身姿，不就是因为他极端恐惧那女人就是菊子吗？

事后想想，他之所以在醒来时狡猾而机敏地模糊梦中的对象，模糊梦中的情节，记不清梦境，忘记抚摸乳房的手的快感，很有可能是在抹消梦境。

"这是梦，胡子被指定为天然纪念物什么的，是梦。不能相信梦里的判断。"信吾用手心揉了揉脸。

尽管梦本身无聊到让身体觉得寒冷,可是信吾醒来后,依然出了一身汗,感到毛骨悚然。

在做过胡子的梦后,隐约听到的雨声已经变成了狂风暴雨,打在房顶上。就连榻榻米都有了潮气。听雨声,应该下一阵就会停。

信吾想起了四五天前,在朋友家里看到的渡边华山的水墨画。

画中,枯木树顶停着一只乌鸦,题字是:黎明时分,顽强的乌鸦在五月雨中登上树顶。

看过这句话,信吾明白了这幅画的含义和华山的心情。

这幅画画的是一只乌鸦站在枯木树顶忍受风吹雨打,等待黎明。画面用淡墨表现狂风暴雨。信吾记不清枯木的样子了,只记得一棵折断的粗壮树干孤零零地矗立着。他清楚地记得乌鸦的姿势,不知是因为在睡觉还是被雨淋湿了,应该是二者都有,乌鸦的身体鼓鼓囊囊的。乌鸦嘴很大,上喙用墨汁晕染,显得更加厚重。它睁着眼睛,也许是没睡醒,看上去昏昏沉沉的。它眼神犀利,仿佛饱含着怒意。乌鸦画得很大。

信吾对华山的了解仅限于他生活贫苦,最后切腹自杀。他认为这幅《风雨晓鸟图》展现了华山某一刻的心情。

朋友或许是为了应季将这幅画挂在壁龛里的,信吾说:"真是只目中无人的乌鸦啊,惹人厌。"

"是吗?我在战争中经常看到这种乌鸦,会觉得有什么了不起的,真是只臭屁的乌鸦,在安静的地方也会有。不过我说啊,要是遇到华山那样的事情就不得不自杀,那咱们这种人不知道得切腹多少次了。时代不同了啊。"朋友说。

"我们也在等待黎明……"

信吾觉得在今天这个狂风暴雨的晚上,那幅乌鸦的画应该还挂在朋友的客厅里。他想:不知道我们家的老鹰和乌鸦今天晚上怎么样了。

做了第二个梦之后,信吾就睡不着了,他在等待天明,却没有华山的乌鸦那样坚强。

他在想无论是菊子还是修一朋友的妹妹,在淫乱的梦中心如止水都是件羞耻的事情。

这比任何一种奸淫都丑恶。这就是所谓老丑吗?

战争中,信吾没有睡过女人,从那以后再也没有过。他明明还没有那么老,却已经养成了习惯。他的生命力被战争抑制,始终没有夺回。就连思想都被战争逼到了绝路,只剩下狭隘的常识。

到了这个年龄,是不是有很多老人和自己一样呢?信吾想问问朋友们,可说不定只会被嘲笑没骨气。

在梦里爱着菊子不是挺好的吗?难道自己在梦里还会害怕,会忌惮吗?就算是在现实中,默默爱着菊子不是也可以吗?信吾试着改变想法。

可是他的脑海中再次浮现出芜村①的诗句"年老不忘恋，时时含泪眼"，于是思绪越来越寂寥。

因为修一有了情人，菊子和修一的夫妻关系反而向前跨进了巨大的一步。菊子堕胎后，两个小夫妻的生活温馨而和睦。在狂风暴雨的夜里，菊子比平时更会对修一撒娇，在修一烂醉如泥后回到家的晚上，菊子比平时更温柔地原谅了修一。

这是菊子的可怜之处，还是愚蠢之处呢？

菊子明白这些事情吗？还是说她并没有领会到这些，只是老老实实地跟随造化的妙处和生命的波澜呢？

菊子用不生孩子的方式来向修一抗议，回娘家也是对修一的抗议，这些事情里同样展现出了她自己无法忍受的悲伤，两三天后回到家里，她又和修一摆出相亲相爱的样子，仿佛是在为自己的罪过道歉，或者平复自己的伤痛。

在信吾看来，这里面并非没有"什么嘛，真无聊"的部分，可是说不定这样就挺好。

信吾甚至想过，可以暂时对娟子的问题不闻不问，等着它自然解决就好。

尽管修一是信吾的儿子，不过信吾一旦产生怀疑就再也无法停下，两人当真是如此理想的夫妻、命运般的夫妻，以至于菊子到这个份上都必须要和修一结合吗？

因为不想吵醒身旁的保子，信吾只点亮了枕边的电灯，虽然看不

---

① 芜村：与谢芜村（1716—1783），日本画家。

到钟表,但是外头已经有了亮光,寺院应该要敲响六点的钟声了。

信吾想起了新宿御苑的钟,那是傍晚闭园的信号。当时信吾对菊子说"那就像教堂的钟声",两人仿佛在穿过西方国家某个公园的树丛走向教堂。聚集在御苑出口的人们前方,仿佛屹立着一座教堂。

信吾起床时还没有睡醒。他和修一一起早早走出家门,仿佛不敢看菊子的脸。

信吾冷不丁说了一句:"你打仗时杀过人吧?"

"谁知道呢?敌人要是被我的机关枪打中就会死吧。可是,机关枪不能说是我要开的吧。"修一一脸不悦,转过了头。

雨虽然在白天停了,可晚上又下起了暴风雨,而且东京被包裹在一片浓雾中。

信吾离开公司在酒馆举办的宴会时,坐上了最后一辆车,只得揽下送艺伎回家的差事。

两个年长的艺伎坐在信吾身边,三个年轻人坐在后面几个人的膝头。信吾把手绕到艺伎的腰带前把她拉进自己怀里说:"坐吧。"

"抱歉。"艺伎安心地坐在信吾膝头,她比菊子年轻四五岁。

信吾为了记住那名艺伎,本打算坐上电车就在手账本上写下她的名字,不过这只是一时冲动,他最后连要写名字的事都忘记了。

# 雨中

**一**

那天早晨,菊子先看到了报纸。

门口的邮箱被雨水淋湿了,菊子一边用做饭的煤气烤干报纸一边读报。

有时信吾醒得早,会起床把报纸拿到床上看。其实取早报一直是菊子的工作。

她一般都会在送信吾和修一出门后再看。

"爸,爸。"菊子从纸拉门外面小声呼唤。

"怎么了。"

"您要是醒了,请出来一下……"

"你哪里不舒服吗?"

听到菊子的语气,信吾以为她不舒服,马上起床出门。

菊子拿着报纸站在走廊上。

"怎么了?"

"相原上报纸了。"

"相原被警察抓住了吗?"

"不是。"

菊子稍稍向后退了一步，递过报纸。

"啊，还湿着呢。"

信吾没打算接过，只伸出了一只手，潮湿的报纸软塌塌地垂了下去。

菊子用掌心托住报纸的一角拿了起来。

"我看不清，相原怎么了？"

"他殉情了。"

"殉情？死了吗？"

"报纸上写着估计能保住性命。"

"是吗？你等我一下。"信吾放开报纸准备离开，又问了一句，"房子还在咱们家睡着呢吧？"

"嗯。"

昨天很晚的时候，房子确实在家里和两个孩子睡觉，不该会去和相原殉情，也不该出现在报纸上。

信吾透过厕所的窗户看着外面的狂风暴雨，想要平静下来。雨点儿一滴接着一滴，快速流过山脚下长长的芒草叶子。

"雨真大，又不像是梅雨。"

他对菊子说着，在餐厅里坐下，手里拿着新闻正打算看，老花镜顺着鼻梁滑下了一截。他咂了咂舌。摘下眼镜使劲儿揉了揉鼻梁到眼眶之间，触感黏糊糊的，挺恶心。

那是一篇短短的报道，他看着看着，眼镜又滑了下来。

相原是在伊豆莲台寺温泉殉情的。女方死了，看着像是二十五六岁的女招待，不过身份不明。男的吸毒，估计能保住性命。因为男方吸毒，而且没有留下遗书，所以警方怀疑是男方设计的骗局。

信吾涌起一股抓住滑落到鼻尖的眼镜将其捏碎的冲动。甚至分不清这股愤怒是因为相原殉情，还是因为眼镜滑落。

他用手掌粗鲁地揉着脸，起身走向盥洗室。

报纸上说，相原在旅馆登记的住址在横滨，没有出现妻子房子的名字。

报道与信吾一家无关。

横滨的住址是信口胡说的，也许相原没有固定的住所。而且说不定房子已经不是相原的妻子了。

信吾先洗了把脸，然后才刷了牙。

信吾一直认为房子还是相原的妻子而无法释然，因此感到烦闷、迷茫，难道这只是他的优柔寡断和感伤吗？

"这就是时间解决了问题吗？"信吾嘟囔着。

在信吾不断拖延的时候，时间终于帮他解决了问题吗？

可是相原走到这一步之前，信吾真的没有能帮到他的办法吗？

另外，他也不知道究竟是房子把相原逼到了毁灭的境地，还是相原让房子走向不幸。既然他们的性格中有把对方逼到毁灭和不幸的一面，也会有被对手引向毁灭和不幸的一面吧。

信吾回到餐厅，一边喝着热茶一边说："菊子，你知道的吧，五六天前，相原寄来了离婚申请。"

"知道，爸好像生气了……"

"对，我生气了，房子也说侮辱人也是有限度的。可那说不定是相原在为自己的死做安排。相原是想好要自杀的吧？不是骗局。反而是那女人被他拉着一起寻死了。"

菊子皱起好看的眉毛没有说话。她穿着宽竖纹的铭仙绸和服。

"去叫修一起来。"信吾说。

大概是因为穿着和服，菊子起身离开的背影看起来很高大。

"听说相原出事了？"修一问过信吾，拿起报纸，"姐姐的离婚申请交上去了吧？"

"不，还没有。"

"还没有啊。"修一抬起头，"为什么？今天也行，还是早点儿交为好吧。万一相原没救回来，不就成了为死人提交离婚申请吗？"

"可是两个孩子的户籍怎么办？孩子的事相原一句都没提。孩子还小，没有选择户籍的能力吧。"

信吾一直把房子盖过章的离婚申请放在包里，往返于家和公司之间。

他有时会给相原的母亲送钱，一边想着让送钱的人把离婚申请送到区政府，一边一天天地拖延。

"孩子都到咱们家来了，没办法了。"修一自暴自弃地说。

"警察会到咱们家来吗？"

"来干什么？"

"让咱们去做相原的保证人什么的。"

"不会来吧。相原寄来离婚申请就是为了避免这种事发生吧。"

房子粗暴地拉开纸拉门，穿着睡衣就出来了。

她没有仔细看报纸，就撕成碎片扔了出去。因为撕得太用力，扔出去的时候报纸没有飞起来。房子把散落的报纸拨开，就要躺倒在地。

"菊子,把那边的纸拉门关上。"信吾说。

房子拉开的纸拉门对面,两个孩子正在睡觉。

房子颤抖着双手,又开始撕报纸。

修一和菊子都没有说话。

"房子,你不打算去接相原吗?"信吾说。

"真可恨!"房子的一只胳膊肘撑在榻榻米上,突然转过身来,抬起眼睛瞪着信吾。"爸,你把自己的女儿当成什么了?真没骨气。自己的女儿遭这种罪,你都不生气吗?你要去接他,要丢脸都随你,把我嫁给那种男人的究竟是谁啊?"

菊子起身向厨房走去。

信吾不小心将心里话说出了口,不过他确实陷入了沉思,要是房子在这种情况下去接相原,分开的两个人再次结合,一切都重新开始,作为人,这也是可以做到的吧?

后来,报纸上没有再报道相原是生是死。

从区政府受理了离婚申请来看,相原的户籍应该没有变成死亡。

可是就算他死了,会被当成身份不明的男子埋葬吗?应该不会。他还有个腿脚不便的母亲。就算他母亲没有看到报纸,也该会有认识相原的人注意到。信吾想象着相原多半是得救了。

可是要把相原的两个孩子都收养过来，只凭想象就可以了吗？尽管修一已经想开了，可信吾依然心存芥蒂。

现在，两个外孙女成了信吾的负担，修一看起来并没有考虑过总有一天，这两个孩子会成为他的负担。

就算不考虑养育孩子的负担，房子和外孙女们今后的幸福似乎已经失去了一半，这果然会成为信吾的责任吧？

另外，信吾在提交离婚申请的时候还想到了和相原一起殉情的女人。

确实有一个女人死掉了，她的生死算什么呢？

"会变成鬼吧。"信吾自言自语地说着，吓了一跳，"不过，她这一辈子真是没意思。"

只要房子和相原平安无事地生活在一起，那个女人就不会殉情了，所以信吾也不能说没有间接参与杀人。这样一想，他怎么会不涌起吊慰那女人的慈悲心呢？

但是他没有想到那女人的身姿，倒是突然想起了菊子腹中婴儿的样子。孩子很早就被打掉了，信吾自然没办法想起孩子的样子，他脑海中浮现出的是一类可爱的婴儿形象。

那孩子没能来到世上，不也是信吾间接杀了人吗？

坏天气还在继续，连老花镜都湿漉漉的，总是从鼻梁上滑下来。信吾的右边胸口里沉甸甸的。

在梅雨季节，难得晴朗的日子里，阳光会立刻变得炙热。

"去年夏天，向日葵盛开的人家今年种上了白花，那是什么花啊？像西方的菊花。一排四五家像商量好了似的种着同样的花，真是有趣。他们去年都种的向日葵。"信吾一边穿裤子一边说。

菊子拿着上衣站在他面前。

"不是因为向日葵被去年的暴风雨吹断了吗?"

"或许是这样。菊子,你最近是不是长高了?"

"是,我长高了。嫁过来之后就在一点点长高,最近突然又长了一截。修一吓了一跳呢。"

"什么时候?"

菊子突然脸红了,绕到信吾身后为他穿好上衣。

"我总觉得你长高了,不光是因为你穿着和服。你嫁到我们家都好几年了,还在长个子,真好啊。"

"因为我晚熟,个子还不够高吧。"

"没这回事,不是很可爱吗?"信吾说完,越发觉得她水灵灵的很可爱。菊子已经长得这么高了,修一抱着她的时候都能发现吗?

信吾觉得是失去的孩子的生命在菊子身体里延续,他这样想着走出了家门。

里子蹲在路边,看着邻居家的女孩子们玩儿过家家。

她们用鲍鱼壳和八角金盘的绿叶当盘子,把草切成整整齐齐的形状装进盘子里,信吾感到佩服,停住了脚步。

大丽花和木春菊的花瓣被切得很细,放在盘子里做装饰。

地上铺着凉席,木春菊浓重的影子投在凉席上。

"对了,就是木春菊。"信吾想起来了。

去年种着向日葵的三四户人家今年种的就是木春菊。

里子太小,似乎和那些女孩子玩儿不到一块儿。

信吾正准备走开，里子追过来叫了一声"外公"。

信吾拉着外孙女的手一直走到街角。里子跑回家去，那身影很有夏天的味道。

在公司的办公室里，夏子露出雪白的胳膊擦着窗户。

信吾随口问了一句："你看今天早上的报纸了吗？"

"嗯。"夏子含含糊糊地回答。

"虽然我说了是报纸，但是是什么报纸呢？是什么来着……"

"报纸吗？"

"我忘了是在什么报纸上看到的，哈佛大学和波士顿大学的社会学者给一千名女秘书发了调查表，问她们最开心的事情是什么，她们异口同声地回答，在有人的时候受到表扬。不管是东方还是西方，女孩子都是这样吧。你呢？"

"嗯，她们不会不好意思吗？"

"不好意思和开心很多时候是同时出现的。被男人告白的时候不也是这样吗？"

夏子低下头没有回答。信吾一边想着在这个年代，像她这样的姑娘很少见，一边说："谷崎就是这种类型的。我要是多在人前夸夸她就好了。"

"刚才谷崎小姐来了。八点半左右。"夏子笨拙地说。

"是吗？然后呢？"

"她说中午还会再来。"

信吾升起一股不祥的预感。

他没有出门吃午饭，一直在办公室等待。

英子打开门站在原地,看着信吾屏住呼吸,似乎要哭出来了。

"呀,今天没带花?"为了掩饰不安,信吾开了口。

英子表情严肃地走到信吾身边,似乎在指责他不够认真。

"还要赶人吗?"

夏子出门午休了,办公室里只有信吾一个人。

听说修一的情人怀孕的消息,信吾浑身一凛。

"我跟她说了,不能生下来。"英子薄薄的嘴唇颤抖着说,"昨天回到店里,我抓着娟子跟她说了。"

"嗯。"

"不是吗?这太过分了。"

信吾没打算回答,表情阴沉。

英子说这番话是考虑到了菊子。

修一的妻子菊子和情人娟子先后怀孕。世界上或许有可能发生这样的事,但信吾想都没想过会发生在自己儿子的身上,而且菊子还做了人工流产。

"修一在吗?你能去帮我看看吗?在的话让他过来一下……"

"好。"英子拿出小镜子,有些犹豫地说,"我带着这么一副奇怪的表情,挺不好意思的。而且我来通知他的话,娟子也会知道吧。"

"啊，这样吗？"

"虽然让我为了这件事离开现在那家店也可以……"

"不。"

信吾用桌子上的电话打了过去。他现在不想在有其他员工的办公室里和修一见面。

修一不在。

信吾离开公司，请英子去附近的西餐店吃饭。

小个子的英子走在他身边，抬头看着信吾的脸色轻声说："我在您的办公室工作的时候，您带我去跳过一次舞，您还记得吗？"

"嗯，当时你头上系着白色丝带吧。"

"不。"英子摇了摇头，"我头上系白色丝带是在下过暴风雨的第二天，那天您第一次问我娟子的事，我特别为难，所以记得很清楚。"

"这样啊。"信吾想起来了，他确实是那天从英子口中听到娟子沙哑的声音很性感这种话的。

"是去年九月左右吧。从那之后，你一直很担心修一吧？"

信吾出门没有戴帽子，阳光照在头上很热。

"我什么忙都没帮上。"

"我们也没帮上忙，真是惭愧的一家子啊。"

"我很尊敬您的，离开公司之后更怀念了。"英子的语气有些奇怪，犹豫了一会儿才吞吞吐吐地说，"我跟她说了不能把孩子生下来。结果娟子却神气活现地跟我说，你管不着，你这种人知道什么，不要多管闲事。最后还说这是她自己肚子里的事……"

"嗯。"

"她说'是谁拜托你来说这些奇怪的话？要是让我和修一分开，除非修一要离开，那我就只好和他分手，孩子我一个人就能生。别人都拿我没办法。要是你能问我肚子里的孩子生下来好不好，那你就去问啊……'娟子觉得我年轻，这是在嘲笑我呢。结果她自己还说让我不要嘲笑别人。娟子可能会把孩子生下来，后来我仔细想了想，她和战死的丈夫之间没有孩子啊。"

"嗯？"信吾边走边点头。

"她也可能只是看不惯我才这样说，其实不会把孩子生下来。"

"她怀孕几个月了？"

"四个月。虽然我没发现，不过店里人知道……听说老板也问过情况，劝她不要生的好。娟子很能干，老板觉得她辞职很可惜吧。"

英子用手撑着一边脸颊说："我是不明白。事情都告诉您了，您和修一谈谈吧……"

"嗯。"

"如果您要见娟子，我觉得越早越好。"

信吾也想到了这件事，不过被英子说出来了。

"对了，之前来公司里的那个女人还和她住在一起吗？"

"池田。"

"对，娟子和她谁更大？"

"我想娟子比她小两三岁吧。"

吃完饭后，英子跟着信吾来到了公司门前，脸上的笑容仿佛要哭出来一样。

"告辞。"

"谢谢,你现在要回店里吗?"

"是的。娟子最近回去得早,会在店里留到六点半。"

"我总不能去店里见她。"

今天听到英子催促,信吾一想到要和娟子见面,心里就郁郁寡欢。

而且他就算回到镰仓的家里,恐怕也不忍心看到菊子的脸吧。

菊子有洁癖,在修一有情人的时候甚至会后悔怀上孩子,不愿意生下来,可是她一定做梦都没想到那女人怀孕了。

在信吾知道菊子做过手术后,她回娘家住了两三天就回来了,和修一摆出一副相亲相爱的样子,修一每天早早回家,对菊子很体贴,这究竟算什么呢?

要是带着善意解释,修一或许因为娟子要生下孩子而感到痛苦,想要疏远娟子,又对菊子感到抱歉。

可不祥的颓废感和不道德的臭味依然盘踞在信吾的脑海中。

这种感觉究竟来自何处?就连胎儿的生命在他心里都成了妖魔。

"要是生下来了,就是我的孙儿吧。"信吾自言自语地说。

# 蚊 群

## 一

信吾在本乡路的大学一侧走了一段。

他在有商店的一侧下车,娟子家所在的小巷自然就在这一侧,可是他特意穿过车道走到了另一侧。

去儿子的情人家让信吾感到郁闷而踌躇。他可以在初次见面时,开门见山地对一个怀孕的女人说你不要把孩子生下来吗?

"这又是杀人吧?还说什么不弄脏老人的手呢。"信吾自言自语地说。

"可是解决问题的方法都是残酷的。"

解决问题是儿子该做的,不该让父母出面。这些话信吾还没有对修一说,就打算来见见娟子。这正是他不信任修一的证据。

他和儿子之间什么时候产生了一道意想不到的隔阂?信吾心中惊讶。与其说他来找娟子是为了代替修一解决问题,不如说是因为他同情菊子,为菊子感到愤慨。

只有大学校园里树丛的梢头还留着耀眼的夕阳余晖,在人行道上投下阴影。穿着白衬衫和裤子的男女学生坐在大学校园里的草坪上,正是梅雨季节放晴时该有的风景。

信吾摸了摸脸颊，酒醒了。

因为离娟子从店铺回来还有一段时间，所以信吾来之前邀请其他公司的朋友去西餐厅吃了晚饭。两人许久未见，一不小心喝多了酒。走上二楼的食堂之前，两人在楼下的酒吧喝起酒来，信吾也陪着喝了一些，吃完饭后又在酒吧坐了坐。

"怎么，这么早就要回去了吗？"朋友吃了一惊。他说以为两人好久没见，信吾有话要和自己谈，已经提前给筑地那边打过电话了。

信吾说一个小时后还要见一个人，然后离开了酒吧。朋友在名片上写下在筑地的住址和电话递给他。信吾并不打算去。

他一边沿着大学围墙散步，一边寻找马路对面小巷的入口。虽然印象模糊，但不会有错。

走进朝北的昏暗大门，简陋的鞋柜上放着一盆不知名的西洋花盆栽，还挂着一把女士洋伞。

一个系着围裙的女人从厨房走出来。

"啊呀。"她表情一僵，解下围裙。她穿着深蓝色的裙子，赤着脚。

"你是池田吧，之前来过公司……"信吾说。

"对。那次是英子带我去的，打扰了。"

池田一只手抓着揉成一团的围裙，跪坐在地上看着信吾，似乎在问他有什么事。她的眼角长了几颗雀斑，不知道是不是因为没有上粉底，雀斑挺显眼。女人的鼻梁纤细高挺，有一双清冷的单眼皮，长相白皙高雅。

新衬衫或许是出自娟子之手。

"其实我这次来是想见见娟子。"信吾用恳求的语气说。

"是吗？她还没回来，不过应该快了，请进来吧。"

厨房传来煮鱼的味道。

信吾觉得最好等娟子回来吃完晚饭再来，不过还是在池田的邀请下来到了客厅。

八叠大的客厅堆满了时装杂志，还有很多外国的流行杂志。旁边立着两个法国人偶。富有装饰性的衣服颜色和陈旧的墙壁并不相称。缝纫机上垂下缝了一半的丝绸，鲜艳的花朵图案让榻榻米更显肮脏。

缝纫机左边放着一张小书桌，上面摆着小学教科书，还立着一张男孩子的照片。

缝纫机和书桌之间有一张梳妆台，另外，后面的衣橱前立着一面大穿衣镜。镜子很显眼，也许娟子会把做好的衣服搭在自己身上比画，也许是给私下接的客人试样衣用的。穿衣镜旁边放着一台大熨斗。

池田从厨房拿来橙汁。她注意到信吾在看孩子的照片，便坦率地说："那是我的孩子。"

"是吗？在上学吗？"

"不，孩子不在我这儿，留在丈夫家里了。这本书……我没有像娟子那样的固定工作，我在做家庭教师，给六七户人家的孩子教课。"

"这样啊，这些教科书一个孩子用就太多了啊。"

"嗯。我教各个年级的孩子……现在的小学和战前区别很大，虽然我教得不算好，不过和孩子一起学习，就会感觉和自己的孩子在一起……"

信吾只是点了点头，面对这位战争寡妇，他什么都说不出来。

就连娟子也在工作。

"您怎么知道我们家在这里呢？"池田问，"是修一告诉您的吗？"

"不，我之前来过一次，但没进来。是去年秋天左右吧。"

"啊？去年秋天？"

池田抬头看了信吾一眼，垂下目光沉默了一会儿，冷冷地开口："修一最近不来了。"

信吾想，是不是该把今天来的目的告诉池田呢？

"听说娟子怀孕了。"

池田突然动了动肩膀，移开目光看着自己孩子的照片。

"她打算生下来吗？"池田依然看着孩子的照片。

"这话请您直接问娟子。"

"那是自然，可母亲和孩子都会变得不幸吧。"

"无论有没有孩子，娟子都可以说是不幸的。"

"可是你也建议她和修一分手吧。"

"嗯，我也是这样想的……"池田说，"娟子比我厉害，我的话算不上建议。虽然我和娟子的性格相差甚远，不过不知道是不是因为志趣相投，我们两人在战争寡妇的聚会上认识之后，就一直在一起生活，娟子给了我很多力量。我们都离开了丈夫家，也没有回娘家，算是自由身吧。我们说好了要自由思考，虽然留着丈夫的照片，不过都收进行李里了。虽然我把孩子的照片摆出来了……娟子看过很多美国杂志，也会查法语字典，她说要是只限于洋装裁缝方面，她还是能看懂外文的。她总有一天会开自己的店。我们两个明明谈过要是有机会也会再婚，可是我不明白她为什么要一直和修一纠缠不清。"

大门开了，池田马上站起身来，用信吾也能听到的声音说："欢迎回来，尾形的父亲来了。"

"来见我吗？"一个沙哑的声音说。

娟子似乎去厨房接水喝了，厨房传来水管的声音。

"池田，你也留下吧。"娟子转身走出厨房，进了客厅。

她穿着鲜艳的西服连衣裙，大概是因为她身材高大，信吾看不出她怀孕了。她有一张小巧的薄嘴唇，信吾想象不出那张嘴里会放出沙哑的声音。

因为梳妆台在客厅，她似乎是用带镜子的小粉饼盒简单补过妆后才进来的。

信吾对她的第一印象并不差。她的脸是扁圆形，不像池田口中那样意志坚强的样子。手也很丰满。

"我是尾形。"信吾说。

娟子没有回答。

池田也来了，在小书桌前面对信吾坐下说："让您久等了。"娟子依然没有说话。

娟子面容明朗，没有表现出明显的反感和困惑，看上去反而像是快要哭出来了。信吾想起修一曾在这栋房子里喝到烂醉，逼池田唱歌，惹哭了娟子。

娟子穿过闷热的街道急匆匆地回到家，脸上红扑扑的，还能看到胸膛的起伏。

信吾说不出辛辣的话了："虽然我来见你挺奇怪的，不过要是不来见你一面……你能想到我要说什么吧。"

娟子果然没有回答。

"当然，是关于修一的事。"

"如果是修一的事，我没什么要说的。您要让我道歉吗？"娟子突然反驳了一句。

"不，是我必须要向你道歉。"

"我已经和修一分手了，不会再给您家里添麻烦了。"娟子说完看向池田，"这样就行了吧？"

信吾吞吞吐吐地说："不是还有孩子的问题吗？"

娟子脸色苍白，仿佛竭尽全力地说："您在说什么，我听不明白。"她的声音压低后更加沙哑了。

"抱歉，你不是怀孕了吗？"

"这种问题必须要我来回答吗？一个女人想要孩子，别人怎么能拦得住呢？男人怎么会明白？"

娟子语速很快，眼里已经盈满泪水。

"虽然你说我是外人，可我是修一的父亲，你的孩子也应该有父亲吧？"

"没有。我这个战争寡妇已经决定要生下私生子了。我什么都不求,只希望你们让我生下这个孩子。您是个慈悲的人,请您放过我吧。孩子在我肚子里,是我的啊。"

"话虽如此,可是你就算现在不生这个不自然的孩子,以后结了婚,还是会怀上孩子的吧………"

"有什么不自然的?"

"这。"

"我以后不一定会结婚,也不一定会怀孕。您能像神仙一样预言吗?我以前也没有过孩子。"

"考虑到你和孩子父亲的关系,你和孩子都会痛苦吧。"

"战死之人的孩子多的是,都会让母亲痛苦。只要想到有些男人因为打仗去了南方,甚至在留下混血儿之后又回来了就好。男人跑得远远的,被忘记的孩子都是女人养大的。"

"我说的是修一的孩子。"

"只要不用您家照顾就可以了吧。我发誓绝对不会上门哭诉,而且我已经和修一分手了。"

"不是这个问题吧。孩子的未来很长,父子的缘分是切不断的。"

"不,这不是修一的孩子。"

"你应该也知道修一的妻子没有把孩子生下来吧。"

"他妻子才是想生几个就能生几个吧?要是没怀上,她会后悔的。幸福的妻子无法理解我的心情。"

"你也不理解菊子的心情。"信吾不禁说出了菊子的名字。

"是修一让您来的吗?"娟子用质问的语气说,"修一不让我生下孩子,他打我、踩我、踢我,想带我去医生那里,从二楼把我拖下来。他做出那么暴力的行为,不就是想演出对妻子有情有义的样子吗?"

信吾表情苦涩。

"他很过分吧?"娟子转向池田。池田点了点头,对信吾说:"娟子从现在就开始攒做洋装剩下的碎布头了,准备给孩子做些尿布什么的。"

"我被修一踢了一脚,担心孩子,后来去看过医生。"娟子继续说,"我跟修一说了,这不是他的孩子。不是他的孩子啊,我们因为这事分手了。他已经不来了。"

"也就是说,这是别人的?"

"对,您就当是这样吧。"

娟子抬起头。刚才已经流过泪,现在又有新的泪水顺着脸颊流下。

信吾束手无策,娟子在他眼里看起来很美。他端详娟子的鼻眼,虽然形状不算端正,但是一眼看去,是个美人。

可是娟子这个女人尽管看起来温顺,却让信吾难以靠近。

信吾垂头丧气地离开了娟子家。

娟子接受了信吾拿出的支票。

池田干脆地说:"既然你要和修一分手,或许收下比较好。"

娟子也点了点头："是吗？这算是分手费吧？我是可以拿分手费的人啊。需要写收据吗？"

信吾叫了辆出租车，无法判断娟子会再次和修一和解，去做人工流产，还是就此分道扬镳。

无论是修一的态度还是信吾的拜访，似乎都让娟子产生了反感，让她情绪激动。不过女人想要孩子的悲切愿望同样强烈。

让修一再次接近她是危险的，可这样下去孩子就会出生。

假如正如娟子所言，她肚子里怀着别的男人的孩子就好了，这事连修一都无法知道。若娟子说这些话是在逞强，而修一轻易相信了，如果事后不留下麻烦，就算是天下太平，可生下来的孩子依然是实实在在的。在自己死后，这个陌生的孙儿也会继续活下去。

"这算怎么回事啊。"信吾嘟囔了一句。

因为相原和别的女人殉情，信吾急急忙忙地提交了离婚申请，收留了女儿和她的两个孩子。就算修一和情人分开，也会在不知什么地方留下孩子吧。这两件事不都没有彻底解决，只是一时糊弄过去而已吗？

自己没办法让任何人幸福。

尽管如此，他依然想都不愿意回想和娟子说话时那些糟糕的措辞。

信吾打算从东京站坐车回家，不过在看到放在口袋里的朋友的名片后，他让出租车绕到了朋友在筑地的住处。

他本想向朋友倾诉，结果和两名艺伎喝醉了酒，没能说出些什么。

信吾想起了一次宴会结束后回家时，坐在他膝头的年轻艺伎。她来了之后，朋友一直在说些无聊的话，什么不可小视、眼光真高之类的。那是一名可爱又优雅的艺伎,尽管已经不记得她的名字,不过对信吾来说,记得名字就已经很难得了。

信吾跟她一起走进一间小屋,他什么都没做。

不知什么时候,女孩的脸温柔地靠在了信吾的怀里。信吾以为她是在卖弄风情,结果女人似乎是睡着了。

"睡着了吗?"信吾探头张望,可女人靠在他身上,看不见脸。

信吾露出微笑。看着把头靠在自己怀里睡得香甜的女孩,感受到一股温暖的安慰。女孩比菊子还小四五岁,应该还不到二十。

这或许是娼妇命运凄惨的痛苦之处,不过年轻女孩靠在自己身上睡觉,这份柔软的幸福还是让信吾感到安心。

他想,或许所谓幸福就是这种不经意间发生的,虚无缥缈的感觉吧。

信吾迷迷糊糊地想,性生活中也会有贫穷与富有、幸运与不幸之分吧。他悄悄离开,坐末班电车回到了家。

保子和菊子还没睡,在餐厅等他,已经一点多了。

信吾没有看菊子的脸,他问:"修一呢?"

"先去睡了。"

"是吗?房子也睡了?"

"是。"菊子一边整理信吾的西装一边说,"今天直到晚上都是晴天,不过还会阴下来吧。"

"是吗?我没注意。"

菊子起身时弄掉了信吾的西服,于是她重新拉了拉裤子的裤线。

信吾看到她剪短了头发,心想她或许去过美容院。

信吾听着保子的呼噜声入睡,他睡得不安稳,很快就陷入梦境。

他变成了年轻的陆军将校,穿着军装,腰间挂着一把日本刀,还带了三把手枪。刀似乎是修一出征时带的家传日本刀。

时间是晚上,信吾走在山路上,带着一个樵夫。

"走夜路危险,我很少走,走右边更安全。"樵夫说。

信吾靠向右边,一股不安涌起,他打开手电筒。手电筒的玻璃灯罩周围镶满钻石,闪闪发光,比普通的手电筒更明亮。灯光亮起,只见一堆黑色的物体挡在眼前,像是两三棵高大的杉树树干叠在一起。可是仔细一看,却是一群蚊子,蚊子聚集成大树的形状。信吾开始思考该如何是好,要杀出重围才行。信吾拔出日本刀,冲着蚊群拼命砍杀。

他突然回头一看,樵夫已经落荒而逃。信吾的军装各处都冒出火焰。奇怪的是,信吾在这时一分为二,有另一个信吾眺望着军装着火的信吾。火焰沿着袖口、肩线和衣摆冒出,然后消失。衣服并没有烧起来,而是迸起细小的炭火,发出噼噼啪啪的声音。

信吾总算回到了自己家,似乎是小时候住过的信州老家。他也看到了保子美丽的姐姐。信吾筋疲力尽,身上却完全不觉得痒。

逃走的樵夫不久后也来到信吾家里,刚一到家就昏了过去。

从樵夫身上抓出了满满一大桶蚊子。

信吾不知道是怎么抓到的,不过他清楚地看见满满一桶蚊子,然后就醒了。

"是蚊帐里进蚊子了吧。"他想竖起耳朵听听,可是脑子依然迷迷糊糊的。

天下起了雨。

# 蛇卵

○一

　　进入秋天，也许是夏天积攒的疲惫显现出来了，信吾时常在回家的电车上打个盹。

　　下班高峰期的横须贺线电车十五分钟就有一辆，二等车厢并不算拥挤。

　　他依然半梦半醒、迷迷糊糊的脑海中浮现出一排洋槐树。那排洋槐树上都开着花。信吾在经过东京路边的洋槐树时，想到那些树也会开花吗？那条路从九段下一直通到皇居的护城河尽头。八月中旬，天气阴雨连绵，只有一棵树下的柏油马路上散落了一层花瓣。信吾坐在车里，疑惑地回头张望，对那幅画面印象深刻。洋槐花很小，是略微发青的浅黄色。就算没有唯一一棵有花朵掉落的洋槐树，只要这排洋槐树开着花，信吾就会留下印象吧。因为那排树种在他去医院看望身患肝癌的朋友后回程的路上。

　　虽说是朋友，其实只是大学同学，平时没什么交往。

　　那位朋友看上去已经非常虚弱，可病房里只有一名护士陪床。

　　信吾甚至不知道这位朋友的妻子是否还健在。

　　"你能见到宫本吗？就算见不到，能不能打电话帮我求求那件事?"朋友说。

"哪件事?"

"就是正月同学会的时候提起的那件事。"

信吾想到了氰化钾的事。看来这位病人已经知道自己患上了癌症。

在信吾这些年过六十的老人的聚会上,衰老带来的毛病和对死亡、病痛的恐惧往往容易成为话题,因为宫本的工厂里会用到氰化钾,当时有人提出要是得了治不了的癌症,延续悲惨的病痛太可怜,就从他那里弄些毒药吧。而且被宣告死亡的话,还能自由选择死去的时间。

"可那是喝过酒后在兴头上说的醉话吧。"信吾没有痛痛快快地答应。

"我不用,我不会用的。就像当时说过的一样,我只是想拥有一份自由。只要想到有了这个随时都能选择去死,应该就有力气忍受以后的痛苦了。没错吧。这是我最后的自由,或者说唯一的反抗,这是我唯一能做的事了,对吧?我答应你不会用的。"

朋友说话时,眼里闪烁着几点光芒。护士在用白毛线织毛衣,什么话都没说。

信吾没有去拜托宫本,事情就这样搁置了,可是他一想到注定要死的病人也许还在指望着他,心里就不舒服。

从医院回家的路上,当车开到洋槐树开花的地方时,信吾总算松了一口气,可是刚才打盹的时候,那排洋槐树又浮现在他的脑海中,也许是因为病人的事情依然萦绕在他的心头。

信吾还是睡着了，突然睁开眼睛时，车已经停了。

这里不是车站。车一停下来，开在旁边车道上的上行电车的声音就变大了，信吾似乎就是被那声音吵醒的。

信吾乘坐的电车走了一段又停下，然后又走走停停。

一群孩子沿着狭窄的马路向电车走来。

有的乘客把头探出窗外望向前方。

从左边窗户能看到工厂的水泥围墙。围墙和轨道之间有一条积满浑浊污水的小水沟，恶臭甚至飘进了电车里。

从右边窗户能看到一条孩子们跑来的小路。一条狗把鼻子伸进路边的青草里，许久未动。

道路和轨道相交的地方，有两三间钉着旧木板的小屋。从如同方形小孔的窗户里，一个白痴模样的姑娘在向电车缓缓招手，动作有气无力。

"好像是十五分钟前发车的电车在鹤见站出了事故，现在需要停车。让大家久等了。"乘务员说。

坐在信吾前面的外国人晃了晃和他一起的年轻人，用英语问："他说什么？"

年轻人双手抱着外国人一条结实的胳膊，脸靠在他的肩膀上睡觉。睁开眼睛后也没有改变姿势，撒娇一样地抬头看了一眼外国人。一双惺忪睡眼微微发红，眼窝凹陷。他的头发曾经染成红色，不过发根能看到黑色，已经变成了脏兮兮的褐色头发，只有发梢格外鲜红。信吾觉得他应该是面向外国人的男娼。

年轻人把外国人放在膝盖上的手掌朝上翻过来，把自己的手搭上去轻轻握住。就像一个心满意足的女人。

外国人穿着无袖衬衫,露出像棕熊一样毛茸茸的胳膊。年轻人的身材并不算瘦小,不过因为外国人太魁梧,他看起来就像个孩子。外国人肚子突起,连脖子都很粗,看起来因为转身麻烦,对年轻人的依靠漠不关心。他表情吓人,容光焕发的面孔更加凸显出面如土色的年轻人的疲惫。

外国人的年龄不好判断,信吾从他的秃头、脖子上的皱纹和赤裸的双臂上的老人斑判断对方和自己年龄相近,仿佛是一头巨大的怪兽,来到外国征服这个国家的年轻人。年轻人穿着暗红色的衬衫,解开了最上方的扣子,能看到胸口的骨头。

信吾觉得这个年轻人就快要死了,他移开目光。

臭水沟边上长着一排翠绿的艾蒿,电车依然没有动。

信吾嫌蚊帐憋闷,已经摘了下来。

保子每天晚上都会抱怨,故意在他面前打蚊子。

"修一房里还挂着呢。"

"那你去他那边睡不就好了吗?"信吾看着摘掉蚊帐的天花板说。

"虽然我不能去修一房里,不过从明天晚上开始,我要去房子那里睡。"

"是啊，抱着一个外孙女睡吧。"

"里子明明有妹妹，怎么还那么喜欢缠着母亲。里子有时会露出奇怪的眼神，是不是哪里不正常啊？"

信吾没有回答。

"没有爸爸就会变成那个样子吗？"

"也许让她多亲近亲近你就好了。"

"我更喜欢国子。"保子说，"也得让她多亲近亲近你啊。"

"从那以后再也没有相原的消息了啊，不知道他是活着还是死了。"

"离婚申请都交了，应该没事了吧？"

"没事就算结束了吗？"

"就是结束了。就算他勉强活下来，也没有了容身之处……虽然我已经放弃了，就当是婚姻失败吧，不过他们都有两个孩子了，一旦分手就是这个副样子吗？这么看来婚姻根本靠不住啊。"

"就算婚姻失败了，还是多少有些美好的余韵吧。房子也有不对的地方。相原不会处世，房子估计没有关心过他尝过多少苦头吧。"

"男人自暴自弃，女人无法插手，而且他也不让女人接近嘛。要是被抛弃了还必须忍耐，那房子就只有带着孩子自杀这一条路可走了。那男人就算走投无路，也能带着别的女人一起去死，说不定算不上一无是处。"保子说，"修一现在看着还好，谁知道以后会怎么样，这件事看起来对菊子打击挺大的。"

"你说的是孩子的事吧。"

信吾这话有双重含义。一个是菊子没生下孩子的事，一个是娟子要生孩子的事。不过第二件事保子并不知道。

虽然娟子说肚子里的孩子不是修一的,还反抗说不会受到信吾的干涉,会把孩子生下来,可信吾不知道真假,所以总觉得她是故意说出那样的话。

"我去修一的蚊帐里睡比较好吧,要是留他和菊子两个人,还不知道会商量多么可怕的事呢,太危险了……"

"商量什么可怕的事?"

仰躺着的保子翻了个身,面对信吾,然后做出了要拉信吾手的动作,可信吾没有伸出手,于是她一边轻轻摸着信吾的枕头边,一边像是在说悄悄话一样窃窃私语:"菊子啊,说不定又怀上孩子了。"

"嗯?"信吾大吃一惊。

"虽然我觉得有些太早了,不过房子说有可能。"

保子已经不再有坦白自己怀孕时的神态了。

"是房子说的吗?"

"太早了点儿吧。"保子重复了一遍,"我后来跟房子说了,这事太早。"

"是菊子或者修一告诉房子的吗?"

"不,只是房子的观测吧。"

保子用"观测"这个词挺奇怪,不过还是让信吾觉得回娘家的房子在对弟媳妇评头论足。

"你也跟她说说,这次要保重身体。"

信吾的心揪了起来。听说菊子怀孕,娟子怀孕的事就更强烈地逼近他。

两个女人同时怀上同一个男人的孩子或许也没什么不可思议的。可是一旦在儿子身上成为现实,就笼罩上了一层奇怪的恐怖气息。这难道不是某种复仇或者诅咒,不是地狱里的景象吗?

仔细想想,这不过是极为自然且健康的生理现象,然而信吾现在没办法产生如此豁达的想法。

而且菊子是第二次怀孕。她打掉上一个孩子时,娟子也怀着孕。在娟子尚未生下孩子时,菊子再次怀孕。菊子不知道娟子怀孕的事,娟子现在恐怕已经显怀,也感受到胎动了吧。

"既然这次我们都知道了,菊子也不能任性行事了吧。"

"是啊。"信吾疲惫地说,"你也和菊子好好说说。"

"如果是菊子生下的孙子,你会疼爱的吧?"

信吾难以入睡。

他心浮气躁地想着有没有什么暴力手段,能阻止娟子生下孩子,于是头脑中渐渐浮现出凶残的幻想。

娟子也说了她怀的不是修一的孩子,如果调查下娟了的品行,说不定能发现让人感到宽慰的迹象吧。

信吾听着院子里的虫鸣,时间已经过了凌晨两点。院子里的虫子不是金钟和金琵琶,尽是些叫声不清脆的虫子,让信吾觉得仿佛睡在阴暗潮湿的泥土里。

最近他总是做梦,黎明时又做了一个长梦。

中间的内容已经不记得了。他醒来时,仿佛依然能看见梦中的两个白卵。沙滩上除了沙子什么都没有,两个卵并排放在那里,一个像鸵鸟蛋一样大,一个像蛇卵一样小,蛋壳有一丝裂缝,一条可爱的小蛇探出头蠕动。信吾看着它,感觉着实可爱。

他一定是因为想着菊子和娟子的事才做了这样的梦。他当然无从知晓,谁腹中的胎儿是鸵鸟蛋,谁的是蛇卵。

"哎呀,蛇是胎生的还是卵生的呢?"信吾自言自语地说。

第二天是周日,信吾在床上躺到九点多,他的腿很乏。

到了早晨,想到鸵鸟蛋和从蛇卵里探出头的小蛇,他都会觉得毛骨悚然。

信吾懒洋洋地刷完牙,来到餐厅。

菊子把报纸叠好,用绳子捆在一起,大概是要卖掉。

为信吾将早报和晚报分开整好,按照日期的顺序摆放,这是菊子的工作。

菊子起身去给信吾泡茶,她说:"爸,两千年前的莲子开花的报道有两篇呢。您看过了吗?我把那两份报纸分开放了。"一边说一边把两天的报纸放在饭桌上。

"啊,我好像看过了。"

信吾还是再次拿起报纸。

弥生式的古代遗迹中发现了大约两千年前的莲子。一位莲花博士让莲子发了芽。之前的报纸上报道了莲子开花的新闻。信吾把那张报纸拿到菊子的房间让她看。当时菊子刚刚在医院做完人工流产,正躺在床上。

后来，报纸上又登了两次关于莲子的报道。一条是莲花博士将莲花的根部分开，种在了母校东京大学的"三四郎"池中。另一篇报道说的是美国的消息，东北大学某位博士从满洲的泥炭层中发现了莲子化石，将化石送到美国。他在华盛顿国立公园剥开莲子硬化的外壳，用湿润的脱脂棉包好放进玻璃瓶中。去年，莲子萌发出惹人怜爱的新芽。

今年，新芽被移植到水池中，长出两个花蕾，开出浅红色的花朵。公园管理科公布，那是上千年乃至五万年前的种子。

"之前看到这条新闻时我也想过，要真是上千年乃至五万年前的种子，这个范围也太笼统了吧。"信吾笑着又读了一遍报道，日本的博士好像是根据发现种子的满洲地层情况，推测出那是数万年前的种子，不过在美国，用碳十四放射能检查剥下的种子外壳时，推测那是大约一千年前的种子。

这是华盛顿的新闻特别派员发回的报道。

"可以吗？"菊子捡起放在信吾旁边的报纸，大概是在问登有莲子报道的报纸能不能卖掉。

信吾点了点头，看着菊子说："不管是一千年还是五万年，莲子的生命都很长。与人类的寿命相比，植物的种子几乎拥有永恒的生命啊。我们要是能在地下埋个一千年两千年，不会死而只是休息，那就好了。"

菊子喃喃自语："埋在地下啊。"

"不是埋在墓里，不是死亡，而是休息。真的不能埋在地下之类的地方休息吗？要是过上个五万年再起来，说不定自己的难处和社会的难题都彻底解决了，世界会变成乐园。"

房子在厨房给孩子喂吃的，叫了菊子一声："菊子，这是爸的饭吧。能过来看看吗？"

"好。"

菊子起身离开，拿来了信吾的早饭。

"大家先吃完了，这是爸一个人的份儿。"

"这样啊，修一呢？"

"去钓鱼池了。"

"保子呢？"

"在院子里。"

"啊，今天早上就不吃鸡蛋了。"信吾说完，把盛着生鸡蛋的小碗递给菊子。他想起梦中的蛇卵，心里不舒服。

房子烤好比目鱼干端了上来，一言不发地放在饭桌上，又回到了孩子那边。

菊子接过盛好饭的碗，信吾正对着她小声说："菊子，你要生孩子了吗？"

"不。"菊子脱口而出，似乎对信吾出其不意的问题感到吃惊，摇了摇头。"不，没这回事。"

"不是吗？"

"嗯。"

菊子怀疑地看着信吾，脸红了。

"我希望你这次能保重身体。之前我也跟修一商量过了，我问他能不能保证你还能怀上孩子,他轻而易举地说出了要让他保证也行。我说这是他不敬畏天的证明。人其实连自己明天能不能活着都没法保证吧。孩子自然是修一和你的,不过也是我们的孙子。你一定能生出好孩子的。"

"对不起。"菊子低下头说。看不出她在隐瞒。

房子为什么会说菊子好像怀孕了呢?信吾怀疑是房子太多疑。应该不会出现房子发现了而当事人菊子却没注意到的情况。

信吾转身看了看,想知道房子在厨房有没有听到刚才那番对话。房子好像带着孩子出门了。

"修一以前没去过钓鱼池之类的地方吧?"

"嗯,大概是有话想问朋友吧。"菊子说,信吾却怀疑修一是不是真的和娟子分手了。

以前,修一也在周日去找过情人。

"一会儿要不要去钓鱼池看看?"信吾邀请菊子。

"好。"

信吾走进院子,保子正站在那里抬头仰望樱花树。

"怎么了?"

"没什么,就是樱花树叶掉了不少吧,是不是生虫子了。我想着这棵樱花树上还有夜蝉在叫呢,结果已经没有叶了了。"

保子说话间又有黄叶不断飘落。因为没有风,叶子并没有在空中翻飞,而是笔直地落在地上。

"听说修一去钓鱼池了?我带菊子去看看。"

"去钓鱼池吗?"保子转身问。

227

"我问过菊子了,她说没那回事,大概是房子误会了。"

"是吗?你问过了?"保子怅然若失地问,"真令人失望啊。"

"房子的想象力怎么那么丰富啊?"

"怎么回事呢?"

"是我在问你啊。"

两人回到屋里,菊子已经穿好白毛衣和鞋子,在餐厅等待了。她的脸上有几抹红晕,看起来朝气蓬勃的。

车窗上突然映出红色的花朵,是彼岸花。花开在轨道边的堤坝上,仿佛近在咫尺,电车驶过时还会随风摇曳。

信吾在户冢的樱花树堤坝上也看过盛开的彼岸花。花刚刚开放,是明亮的红色。

早晨,红花让人联想到秋日原野的静谧。轨道边还能看到新抽穗的芒草。

信吾脱掉右脚的鞋子,把腿搭在左边膝盖上揉了揉脚底。

"怎么了?"修一问。

"脚酸了。最近在车站爬楼梯的时候偶尔会觉得脚酸。今年好像身子变虚了,还感觉到生命力在衰退。"

"菊子之前还担心爸太累了呢。"

"是吗?因为我跟她说想钻进土里休息个五万年吧。"

修一诧异地看着信吾。

"说的是莲子。报纸上不是登了上古的莲子发芽开花的报道嘛。"

"啊？"修一一边点烟一边说，"你问菊子是不是怀孕了，她好像挺尴尬的。"

"怎么样了？"

"还没怀上。"

"比起这个，那个叫娟子的女人的孩子怎么样了？"

修一一时答不上来，反而抗拒地说："听说爸去找过她了，我听说她收下了支票。其实不用做这种事情的。"

"你什么时候听说的。"

"我是间接听到的，我和她已经分手了。"

"孩子是你的吗？"

"娟子自己坚持说不是……"

"不管她怎么说，这不是你自己良心的问题吗？究竟怎么回事。"信吾的声音在颤抖。

"凭良心可弄不清事实。"

"什么？"

"就算我一个人痛苦，也拿她疯狂的决心没辙。"

"她比你还痛苦吧。菊子也是。"

"可是我觉得分手之后，娟子一个人过得挺自在。"

"这样可以吗？你真的不想知道那是不是你的孩子吗？还是说你的良心已经明白了？"

修一没有回答，频繁地眨着眼睛，那对双眼皮长在男人脸上过于漂亮了。

信吾在公司的桌子上有一张黑框明信片。是那位患肝癌的朋友的讣告，信吾觉得他如果是虚弱而死，未免太快了。

是不是有人给了他毒药？也许他并不是只拜托过信吾一个人，又或者是用其他方法自杀的。

另一封信是谷崎英子寄来的。英子告诉信吾她从之前工作的洋装裁缝店辞职，去了另一家店铺。信上写着英子离开不久，娟子也从店里辞职，去了沼津。她告诉英子在东京不好开店，所以要去沼津开一家自己的小店。

虽然英子没有写，可信吾觉得娟子也许是打算躲在沼津生下孩子。

真的正如修一所说，娟子已经不会再和修一、信吾有牵扯，成为自由自在地生活下去的人了吗？

信吾看着窗外清澈的阳光，发了一会儿呆。

和娟子同居的池田现在变成了独自一人，她怎么样了呢？

信吾想见见池田或者英子，打听一下娟子的情况。

下午，他去参加朋友的追悼会，在追悼会上才知道朋友的妻子已经在七年前去世了。他和长子夫妇一起生活，家里有五个孙子。长子和孙子们长得都不像那位死去的朋友。

虽然信吾怀疑朋友是自杀的，可这当然不是可以问出口的事。棺材前的花大多是盛开的菊花。

回到公司，他面对着夏子翻看文件，菊子突然打来电话。信吾心中涌起一股不安，担心出了什么事。

"菊子？你在哪儿？东京吗？"

"嗯，我回娘家了。"菊子开朗地笑着说，"妈说有些话想和我商量，所以我回家看看，没什么事。她就是觉得寂寞，想见见我。"

"是吗？"信吾的心变得柔软。因为菊子从电话里传出的声音像小姑娘一样悦耳，却不仅仅因为这个。

"爸，您就要回家了吧？"

"嗯，你家里人都好吧？"

"嗯，我想和您一起回家，就打了个电话。"

"是吗？菊子你在家多住几天吧，我会告诉修一的。"

"不，我要回去了。"

"那你到我公司来吧。"

"可以吗？我是打算在车站等您的。"

"来我公司吧。你跟修一联系了吗？咱们三个可以一起吃过饭再回去。"

"现在无论去哪里都没有座位呢。"

"是吗？"

"我可以现在马上过去吗？我已经收拾好了。"

信吾觉得眼皮都暖暖的，窗外的城市突然变得清晰。

231

# 秋鱼

## 一

十月的一天早晨，信吾正打算系领带，手上的动作突然犹豫了："嗯？那个……"

然后他停下了手上的动作，表情困惑。

"怎么回事？"

他解开系了一半的领带，想重新系，可是却系不好。

他拉住领带两端提到胸前，疑惑地看着领带。

"您怎么了？"菊子原本站在信吾的斜后方，准备给他穿上衣，现在绕到了前面。

"我系不上领带，忘记怎么系了。真奇怪。"信吾笨拙地慢慢将领带绕到指头上，想要把一头穿过去，结果领带缠成了一团。本来只是件滑稽的事，可是信吾的神色中带着阴暗的恐惧和绝望，菊子吓了一跳。

"爸。"她叫了一声。

"该怎么弄啊？"信吾呆呆地站着，仿佛大脑已经没有力气努力回忆了。

菊子看不下去了，把信吾的上衣搭在一条胳膊上，走到信吾胸前。

"该怎么做才好呢?"

菊子迷茫地拿着领带,她的手指在信吾的老花眼里模糊一片。

"我忘了啊。"

"爸明明每天都是自己系的。"

"是啊。"

信吾已经在公司干了四十年,每天都系领带,已经成为习惯,怎么今天突然不会系了呢?就算不去特意思考,手也应该会自然而然地动起来才对,应该能随手系好才对。

信吾突然觉得恐惧,这就是自我丧失或者脱离吗?

"虽然我每天都在看着,可……"菊子表情严肃,不停地把信吾的领带卷起又拉开。

信吾打算把事情交给菊子出来后,心中就隐隐产生了小孩子寂寞时想要撒娇的心情。

菊子的头发散发着香气。她突然停手,脸红了。

"我不会系。"

"你没给修一系过领带吗?"

"没有。"

"只在他喝醉回来的时候解过领带吗?"

菊子后退了一步,固定住信吾的胸口,紧紧盯着他胸前垂下的领带。

"妈也许知道怎么系。"菊子喘了口气,提高声音叫了起来,"妈,妈,爸说系不好领带了……您能过来一下吗?"

"又怎么了?"保子呆呆地走了出来,"他自己系不就好了吗?"

"他说忘记怎么系了。"

"突然就不记得了,真奇怪。"

"是很奇怪。"

菊子退到一旁,保子站在信吾面前。

"啊呀,我也不太清楚,都忘记了。"保子一边说,一边用拿着领带的手轻轻推了推信吾的下巴。信吾闭上眼睛。

保子总算系好了领带。

信吾的头被保子推着向后仰,大概是因为后脑勺受到压迫,他突然失去了意识,眼皮里充满闪闪发光的金色雪雾。是大型雪崩后,阳光洒在雪雾上的景象。他还听到了"咚"的一声。

信吾吃惊地睁开眼睛,觉得自己可能是脑溢血犯了。

菊子正屏住呼吸,注视着保子手上的动作。

刚才出现的是过去信吾在故乡的山上看过的雪崩的幻影。

"这样就行了吧?"保子系好领带,调整好形状。

信吾也伸出手,碰到了保子的指头。

"啊!"信吾想起来了。大学毕业后第一次穿上西装时,给自己系领带的人是保子美丽的姐姐。

信吾转向西装衣柜上的镜子,仿佛要避开保子和菊子的眼睛。

"这样就行了。哎呀呀,我是年老昏聩了吧,突然不会系领带了,真是吓了我一跳。"

既然保子能系好领带,刚结婚时,信吾应该也让保子帮忙系过领带吧,可是他已经想不起来了。

或许是保子在姐姐死后,去姐姐的婆家帮忙时给帅气的姐夫系过领带吧。

菊子似乎有些担心,趿拉着木头凉鞋,一直把信吾送到大门口。

"今天晚上?"

"不用开会,会早点儿回来。"

"请您早点儿回来啊。"

在秋高气爽的天气,大船附近透过电车窗户能看到富士山,信吾看了看领带,左右系反了,左边留得更长。大概是因为保子面对自己站着,所以弄错了吧。

"什么嘛。"

信吾解开领带,轻而易举地重新系好了。

刚才忘记领带系法的事情仿佛是假的。

最近,修一很少和信吾一起回家。

横须贺线平时是二十分钟一趟,傍晚时分就每隔十五分钟发车,车厢反而挺空。

东京站,信吾和修一并排坐在一起,他们前面坐着一个年轻女人。她把红色里子的手提包放在座位上站起身来,对修一说:"麻烦您帮我看一下座位。"

"两个座位吗？"

"啊。"

年轻女人的回答含含糊糊的，但她抹了厚厚一层白粉的脸并没有红，已经转身向月台走去。可爱的蓝色外套在她纤细的肩膀外侧微微翘起，然后顺着肩膀流畅地滑下，背影温柔而潇洒。

修一很快问出对方有两个人，让信吾很佩服。他很机灵，是如何知道女人在等人的呢？

听了修一的话，信吾也觉得女人一定是去找她的同伴了。

尽管如此，女人明明坐在了靠窗的信吾面前，为什么要跟修一搭话呢？或许是因为她起身后顺势朝向了修一，还是说修一比较容易让女人接近呢？

信吾看着修一的侧脸。

修一正在看晚报。

不一会儿，年轻女人走进电车，她抓住开着门的入口处的扶手，又环顾了一圈月台，似乎没有找到约好的人。女人回到座位上，浅色外套从肩膀到下摆轻轻摇摆，胸口有一个大扣子。口袋开在前襟非常靠下的位置，女人一只手插在口袋里，一边晃一边向前走。虽然大衣的样式有些奇怪，却很合身。

和离开前不同，她坐在了修一前面。从她回头朝入口处看了三次来看，是因为那个位置靠近过道，更容易看到入口吧。

女人的手提包放在信吾前面，是椭圆的桶形包，金属卡口很宽。

钻石耳环应该是仿制的，很闪亮。大鼻子在女人脸上很显眼，她的嘴小巧美丽，上挑的浓眉剪得很短，有一双漂亮的双眼皮，不过缝隙没有延伸到眼角就消失了,下巴很短,是典型的美人。

她的眼神蒙眬,有些疲倦,看不出年纪。

入口方向响起一阵骚动,年轻女人和信吾都向那边看去,五六个男人扛着巨大的枫树枝条上了车,吵吵闹闹的像是旅行归来。

信吾想,看那枫叶的红色,一定生长在寒冷的地方。

从男人们旁若无人的大声交谈中,信吾知道了那是越后内陆的枫树。

"信州的枫树也挺漂亮啊。"信吾对修一说。

可是,比起故乡山里的枫树,信吾想到的却是保子的姐姐死时供奉在佛堂的巨大枫树盆栽上的红叶。

当时,修一自然还没有出生。

车里染上了季节的色彩,信吾凝望着伸到座位上的枫叶。

突然回过神来,年轻女人的父亲已经坐在了信吾前面。

女人是在等父亲吗?不知怎么,信吾松了口气。

父亲和女儿长着一样的大鼻子,两人坐在一起显得有些滑稽。两人的发际线也一模一样,父亲戴着黑框眼镜。

父亲和女儿似乎对彼此都漠不关心,既不说话也不看着对方。父亲在电车开到品川前睡着了,女儿也闭上了眼睛。信吾感觉两人连睫毛都一模一样。

修一和信吾并没有那般相像。

信吾一边暗暗期待着父女之间能说一句话,又觉得两人仿佛陌生人一样互不关心的态度令人羡慕。

恐怕他们的家庭是平和的吧?

所以当年轻女人独自在横滨站下车时,信吾吃了一惊。不要说父女了,那两个人根本就是素不相识的陌生人。

信吾失望地泄了气。

电车驶出横滨后,旁边的男人只是把眼睛睁开一条缝看了看,就懒洋洋地继续打盹了。

年轻女人离开后,那个中年男人在信吾眼中突然变得邋遢起来。

信吾用胳膊肘推了推修一,小声说:"他们不是父女啊。"

修一的反应没有信吾期待看到的那么大。

"你看到了吗?没看见吗?"

修一漫不经心地点了点头。

"真神奇啊。"

修一似乎并不觉得神奇。

"他们长得好像。"

"是啊。"

男人睡着了,而且电车行驶时也有声音,不过总不能大声议论眼前的人。

信吾垂下目光,仿佛就这样看着对方也是不好的一样,心中升起一股寂寞之情。

他应该是觉得那个男人寂寞,可是渐渐地,这股寂寞深陷到信吾自己心里。

保土谷站和户冢站之间路程很长。暮色从秋日的天空降临。

男人比信吾年纪小，看起来将近六十。在横滨下车的女人大概和菊子差不多大吧。不过菊子的眼神比她清澈得多。

信吾想，那个女人为什么不是那个男人的女儿呢？

他觉得越发不可思议。

世上确实有长得像父女一样相似的人，可是应该并不太多。对那个姑娘来说，如此相似的恐怕只有那男人一个，对那男人来说，应该也只有那姑娘一个吧。两人都是彼此的唯一。或许像那两人一样的例子在这个世界上只有这一对。两人没有任何交集地生存在这个世界上，做梦都没有想到过对方的存在。

这样的两个人偶尔坐上了同一辆电车，两人是初次相遇，不会再见第二面。在漫长的人生中，两人只见过短短三十分钟，没有说过话就分开了。虽然座位相邻，但两人都没有好好看看对方的长相，所以没有注意到彼此的相似吗？创造奇迹的人不知道发生在自己身上的奇迹，就这样离开了。

被不可思议的事打动的是信吾这个第三者。

可是信吾觉得，偶然坐在两人面前，观察到奇迹的自己或许也参与了这个奇迹吧。

究竟是谁创造出那对像父女一样相似的男女，让他们在一生中仅仅相遇三十分钟，并且让信吾看到了这一幕呢？

而且只是因为年轻女人没有等来要等的人，所以就让那个只能看成他父亲的男人与自己并肩而坐。

信吾小声嘟囔，这就是人生吧。

电车在户冢停下，睡着的男人慌慌张张地起身，放在行李架上的帽子掉在了信吾脚边。信吾捡起帽子。

"啊呀，多谢。"男人没有拍掉灰尘，就戴上帽子离开了。

"真的有不可思议的事情啊，他们就是素昧平生的人。"信吾放开了声音。

"虽然长得像，可打扮不一样啊。"

"打扮？"

"那姑娘穿得干净利落，刚才那个大叔却很没精神。"

"女儿穿得很时髦，当爹的却穿得破破烂烂，世界上不净是这样的情况吗？"

"虽说如此，衣服的质量也不一样啊。"

"嗯。"信吾点了点头，"女人在横滨下车了吧。那男人变成一个人之后，其实我也觉得他突然变得邋遢了……"

"是吧，从一开始就是这样啊。"

"可是我觉得他看起来突然变得邋遢还是很不可思议啊，仿佛突然产生了共鸣，虽然他比我年轻很多……"

"确实，老人要是带着一个年轻漂亮的女人，看起来就会精神很多，爸多少也有一些。"修一撂下这样一句话。

"因为像你这样的年轻男人看着觉得羡慕吧？"信吾也搪塞了过去。

"我可没羡慕。一对年轻漂亮的男女在一起，我总会觉得不够稳定，丑男人和漂亮女人在一起的话，我又会觉得女人可怜，美女就交给老人吧。"

刚才那两人之间不可思议的感觉依然没有从信吾心中散去。

"可是，说不定那两个人真的是父女。我现在突然想到，说不定那女人是男人在外面生的孩子吧。见面后也没有报上姓名，两人都不知道……"

修一转过了头。

信吾说完后就觉得糟糕。

不过既然已经让修一觉得自己指桑骂槐了，信吾干脆继续说："你也是，二十年后，说不定也会遇到这种事情啊。"

"爸想说的就是这个吗？我可不是那种伤感的宿命论者。敌人的炮弹在我耳边呼呼飞过，一颗都没打中我。也许我在中国地区和南方留下过私生子吧，不过和飞过耳边的炮弹相比，见到私生子后一无所知地离开根本算不了什么。又不会有生命危险。而且娟子又不一定会生下女儿，再说，娟子都说了孩子不是我的，我只能就此作罢了。"

"战争时期跟和平时期不一样。"

"现在，说不定也有新的战争正在追赶我们，之前的战争也在我们心里像亡灵一样追赶啊。"修一咬牙切齿地说，"爸才是呢，那姑娘不过是稍微有些与众不同，你就暗暗从她身上感到了魅力，没完没了地想些莫名其妙的事情。女人仅是和别的女人有一点点不同，就能抓住男人的心。"

"你只是因为那个女人有一点点不同，就让她给你生养孩子，这样好吗？"

"我并不想要孩子，想要孩子的是那个女人。"

信吾无话可说。

"在横滨下车的那个女人是自由的啊。"

"什么叫自由?"

"她没结婚,只要去邀请就会来。虽然看着高贵,其实过得不好,因为生活不稳定而疲惫不堪。"

信吾对修一的观察感到畏惧。

"你也够让人惊讶的,什么时候堕落到那种程度了。"

"菊子也是自由的啊,真的是自由的。既不是士兵也不是犯人。"修一挑衅一样地脱口而出。

"怎么能说自己的妻子是自由的。你对菊子也说过这样的话吗?"

"请爸去跟菊子说吧。"

信吾忍着怒火说:"也就是说,你要让我去找菊子,让她跟你离婚吗?"

"不是的。"修一也压低了声音,"因为刚才说到在横滨下车的姑娘是自由的……那姑娘和菊子差不多年纪,所以爸才觉得那两个人看起来是父女吧?"

"嗯?"

信吾听到这番出乎意料的话,反而呆住了。

"不是,他们如果不是父女,长得那么像,不就成了奇迹吗?"

"可是,这件事也没有爸说得那么感人吧。"

"不,我很感动。"信吾回答,可是听到修一的话,他意识到自己心里想着菊子,这让他的话哽在了喉咙里。

扛着枫树树枝的乘客在大船下了车。信吾目送着枫树树枝穿过月台后说："要不要回一趟信州，去看看红叶？也带上保子和菊子。"

"是啊，不过我对红叶没什么兴趣。"

"我想看看故乡的山。保子说她在梦里看到她家的房子都荒废了，破破烂烂的。"

"荒废了啊。"

"要是不趁着能修理的时候好好修理，就会彻底荒废了吧。"

"房子的结构很坚固，不至于变得破破烂烂，只要修整修整……可是，修好之后又能怎么样呢？"

"不知道，我们可能会去隐居吧，或者你们什么时候会疏散到那里去。"

"这次我看家。菊子还没见过你们的老家呢，带上她吧。"

"最近菊子怎么样？"

"我没有情人了，菊子也有些倦怠了吧。"修一露出苦笑。

周日午后，修一又去钓鱼池了。

走廊上晾着一排坐垫，信吾枕着胳膊躺下，享受秋日温暖的阳光。

在他面前，阿旭也躺在放鞋的石板上。

保子在餐厅，把十天左右的报纸摞在膝头读着。

一看到有趣的报道，她就会叫信吾过来听她讲。次数多了，信吾随声附和了一句以后说："保子啊，周日就不要看报纸了吧。"然后懒洋洋地翻了个身。

在客厅的壁龛前，菊子正在插王瓜。

"菊子，那些王瓜是在后山上找到的吗？"

"是的，我看着漂亮就摘回来了。"

"山上还有吧？"

"嗯，山上还剩五六个。"

菊子手中的瓜藤上挂着三个瓜。

信吾每天早晨洗脸时，都会看着芒草上方的王瓜渐渐变了颜色，放在客厅里一看，王瓜的红色更加鲜艳了。

信吾看着王瓜，菊子也映入了他的眼帘。

菊子从下巴到脖子的线条优雅，美得无可挑剔。信吾一想到这么美丽的线条不是一代人能长出来的，恐怕是经过几代血统的传承才产生的美感，心中就涌起一股悲伤之情。

也许是发型凸显出了脖子的线条吧，菊子的脸庞看起来有些消瘦。

信吾原本就很清楚菊子纤细的长脖子线条优美，或许是因为他躺下后的距离和角度恰到好处，菊子的脖子看起来越发优美。

说不定也是因为秋天的光线好吧。

从下巴到脖子的线条让菊子散发出少女的气息。

可是那线条中柔软而丰满的少女气息如今却即将消失。

"还有一篇……"保子叫信吾，"这里有一篇有趣的报道。"

"是吗？"

"是美国的事情。在纽约州叫水牛城的地方，水牛城……一个男人出了车祸，左耳朵掉了，于是他去看医生。医生突然冲出大门跑到车祸现场，找到了那只血淋淋的耳朵捡了回去，把那只耳朵缝在了伤处。听说直到现在都长得很好。"

"手指也是，如果切掉后立刻接上，就能长得很好。"

"是吗？"

保子看了一会儿其他报道，又像突然想起来了一样说："夫妻也是一样啊，分开不久后再回到一起，重新和好如初的情况也是有的吧。要是分开太久嘛……"

"什么意思？"信吾说，语气算不上询问。

"房子的事不就是这样吗？"

"相原生死不明，行踪不定。"信吾轻声回答。

"他在什么地方，只要查一查就能知道了……也不知道他怎么样了。"

"是你恋恋不舍啊。不是连离婚申请都交了吗？放弃吧。"

"我从年轻时就擅长放弃，可是房子就那样带着两个孩子出现在面前，我总要想想该怎么办好。"

信吾没有说话。

"房子长得又不好看，就算找到人再婚，要是把两个孩子丢下，再怎么说，菊子都太可怜了。"

"要是那样的话，菊子他们自然要搬出去住，孩子就要老太婆你养了。"

"我啊,不是我偷懒,不过你觉得我都六十几岁了啊?"

"尽人事听天命吧。房子去哪儿了?"

"大佛寺。小孩子真是奇怪。有一次,里子从大佛寺回来的路上差点儿被车撞了,结果还是喜欢大佛寺,总是想去。"

"她喜欢的不会是大佛本身吧。"

"她好像就是喜欢大佛。"

"啊?"

"房子不回老家吗?回去继承那栋房子。"

"老家的房子不需要继承。"信吾果断地说。

保子没有说话,又看起了报纸。

"爸,"这次是菊子在叫,"刚才妈说到耳朵的事,让我想起来爸以前说过要把头和身子分开,送到医院洗一洗修一修吧。"

"对对对,当时是看到了邻居家的向日葵嘛,最近觉得越来越有必要了。会忘记系领带的方法,过不了多久,说不定我就能若无其事地倒着看报纸了。"

"我也经常想起那件事,想试试把头放到医院去。"

信吾看着菊子。

"嗯。每天晚上都想把头寄放在睡眠医院里。大概是因为年纪大了吧,我总是做梦。一旦心里感觉痛苦,就会在梦中看到现实的延续,我在什么地方看过一首和歌,写的就是这样的内容。不过我的梦不是现实的延续。"

菊子盯着插好的王瓜看了又看。

信吾也看着王瓜的花唐突地开口:"菊子,搬出去住吧。"

菊子猛地转过头站起身,来到信吾身边坐下。

"我不敢搬出去,我害怕修一。"菊子用保子听不见的声音小声说。

"你打算和修一分手吗?"

菊子表情严肃地说:"如果我们分手了,我就可以照顾爸了,让我做什么事都可以。"

"那是菊子的不幸啊。"

"不,做开心的事情时没有不幸。"

这似乎是菊子第一次展现出热情,信吾吓了一跳,感到了危险。

"菊子对我好,难道不是因为把我错当成修一了吗?我觉得这样一来你反而会与修一产生隔阂。"

"那个人身上有我不理解的地方。有时我会突然觉得害怕,根本控制不了。"菊子看着信吾,脸色苍白地倾诉。

"是啊,他去打仗之后就变了。我也不知道他真正的想法,我是故意这样做的……不过,和刚才的事没关系,说不定就像撕下来的血淋淋的耳朵一样,要是两个人随便贴在一起,说不定就能相处好呢。"

菊子一动不动。

"修一有没有告诉过你,你是自由的。"

"没有。"菊子抬起头,眼睛里带着惊讶的神色,"他说自由?"

"嗯,我也反问了修一,说自己的妻子自由是什么意思……仔细想想,他大概也有让菊子从我这里获得更多的自由,让我给你更多自由的意思吧。"

"您说的'我',指的是爸吗?"

"对,修一让我告诉你,你是自由的。"

这时,天空中传来声响,信吾觉得自己真的听到了上天的声音。

他抬头一看,五六只鸽子从院子上空低低飞过。

菊子似乎也听到了,她走到走廊尽头,眼含泪光,一边目送鸽子远去一边说:"我是自由的吗?"

躺在放鞋的石板上的阿旭也追随着鸽子扇动翅膀的声音,跑到了院子另一边。

那个周日晚上,一家七口齐聚一堂吃晚饭。

离婚回到娘家的房子和两个孩子现在和他们自然是一家人了。

"鱼店只剩三条香鱼了,给里子吃吧。"菊子边说,边把三条香鱼分别放在了信吾、修一和里子面前。

"香鱼可不是小孩子吃的东西。"房子伸出手说,"给外婆。"

"不。"里子摁住了盘子。

保子平静地说:"这香鱼挺大的,已经是今年最后一批了吧。我就不用了,从外公那里叨几口就行。菊子就吃修一的吧……"

她这样一说,就把家里人分成了三组,或许该有三个家才对。

里子率先用筷子夹起盐烤香鱼。

"好吃吗？吃相真难看。"房子皱起眉头，用筷子夹住香鱼子，送进小女儿国子嘴里。里子也没有抱怨。

"鱼子……"保子嘟囔着，用自己的筷子尖从信吾的香鱼子边上夹下一块。

"以前在老家，因为保子的姐姐劝我，我还费尽心思地写过俳句呢，季语里有秋天的香鱼呀、去下游产卵的香鱼呀、锈斑香鱼之类的。"信吾开口道，突然看了一眼保子，然后继续说，"香鱼产过卵后筋疲力尽，容貌衰败，面目全非，晃晃悠悠地游到海里。"

"就像我一样。"房子立刻说道，"不过我一开始并不像香鱼那么漂亮。"

信吾装作没听见的样子说："以前还有过'秋天的香鱼如今委身于海水'，'一条条河川里的香鱼，明知将死，顺流而下'之类的俳句呢。好像说的就是我。"

"是我。"保子说。

"香鱼产卵后游进大海就会死吗？"

"确实会死的。偶尔有躲在深潭里活到下一年的香鱼，叫驻留香鱼。"

"说不定我就是那条驻留香鱼。"

"我可留不下来。"房子说。

"回到咱们家之后，房子变胖了，气色也越来越好了啊。"保子看着房子。

"我不想变胖。"

"因为回到娘家就相当于躲在深潭里了嘛。"修一说。

249

"我不会躲太长时间的,我不要,我会游到海里去。"房子高声说,又训斥里子,"里子,都剩骨头了,别吃了。"

保子带着奇怪的表情说:"就怪孩子他爸说了香鱼的事,难得买回来的香鱼都不是滋味了。"

房子低下头,急切地动了动嘴巴,一本正经地说:"爸,能不能给我一家小店?化妆品店也好,文具店也行……多偏僻的地方都行。我想开一个小摊或者立食酒馆。"

修一惊讶地说:"姐姐能做接待客人的行当吗?"

"能做。毕竟客人喝的又不是女人的长相,喝的是酒嘛。你仗着自己的老婆漂亮,瞎说什么呢。"

"我不是这个意思。"

"姐姐能行的,所有女人都能招待客人。"菊子突然开口,"要是姐姐开了店,也让我去帮把手吧。"

"啊,这可成了大事了。"

修一一脸惊讶,晚饭桌上鸦雀无声。

只有菊子的耳朵红了。

"怎么样,下个周日大家一起去老家赏红叶吧。"信吾说。

"赏红叶吗?我想去。"保子的眼睛亮了。

"菊子也去吧,你还没去我们的故乡看过呢。"

"好。"

房子和修一还在赌气。

"谁留下看家?"房子问。

"我留下。"修一回答。

"我留下。"房子反驳，"不过，在去信州之前，爸得就刚才的事情给我个答复才行。"

"我会给出个结论的。"信吾说着想起了娟子，听说她怀着孩子在沼津开了一家小小的洋装裁缝店。

吃完饭后，修一第一个起身离开。

信吾也揉着僵硬的脖子站起来，漫不经心地看了看客厅，打开灯说："菊子，王瓜垂下来啦，是太重了吧。"

洗餐具的声音太大，菊子似乎没有听见。